【英】济慈 —— 著　夏天 —— 译
JOHN KEATS

我是
一朵孤独的流云

北京时代华文书局

图书在版编目（CIP）数据

我是一朵孤独的流云 /（英）济慈著；夏天译. -- 北京：北京时代华文书局，2020.6

（轻经典系列 / 陈丽杰主编）

ISBN 978-7-5699-3671-1

Ⅰ. ①我… Ⅱ. ①济… ②夏… Ⅲ. ①诗集－英国－近代 Ⅳ. ① I561.24

中国版本图书馆 CIP 数据核字（2020）第 061219 号

轻经典系列
QING JINGDIAN XILIE

我是一朵孤独的流云
WO SHI YIDUO GUDU DE LIUYUN

著　者｜[英]济慈
译　者｜夏　天

出 版 人｜陈　涛
选题策划｜陈丽杰
责任编辑｜袁思远
执行编辑｜仇云卉
责任校对｜陈冬梅
封面设计｜艾墨淇
版式设计｜王艾迪
责任印制｜訾　敬

出版发行｜北京时代华文书局 http://www.bjsdsj.com.cn
　　　　　北京市东城区安定门外大街 138 号皇城国际大厦 A 座 8 楼
　　　　　邮编：100011　电话：010-64267955　64267677

印　　刷｜河北京平诚乾印刷有限公司　010-60247905
　　　　　（如发现印装质量问题，请与印刷厂联系调换）

开　本｜880mm×1230mm　1/32　印　张｜5　字　数｜85 千字
版　次｜2021 年 6 月第 1 版　　印　次｜2021 年 6 月第 1 次印刷
书　号｜ISBN 978-7-5699-3671-1
定　价｜38.00 元

版权所有，侵权必究

宁要充满感受地生活,

而不要充满思索地生活。

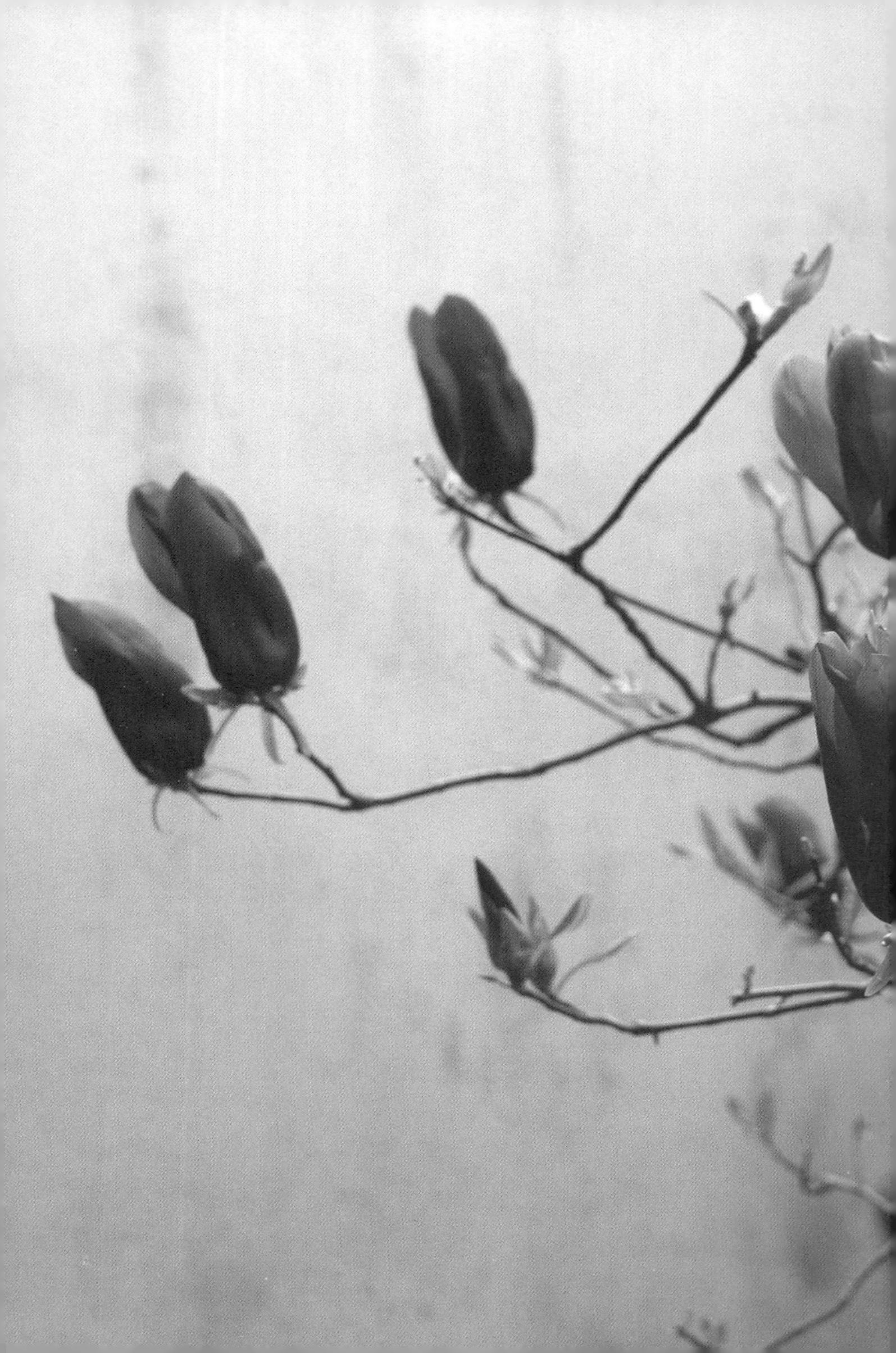

气馁是绝望之母。

我从来不怕失败,我宁可失败,也要进入最伟大的人的行列。

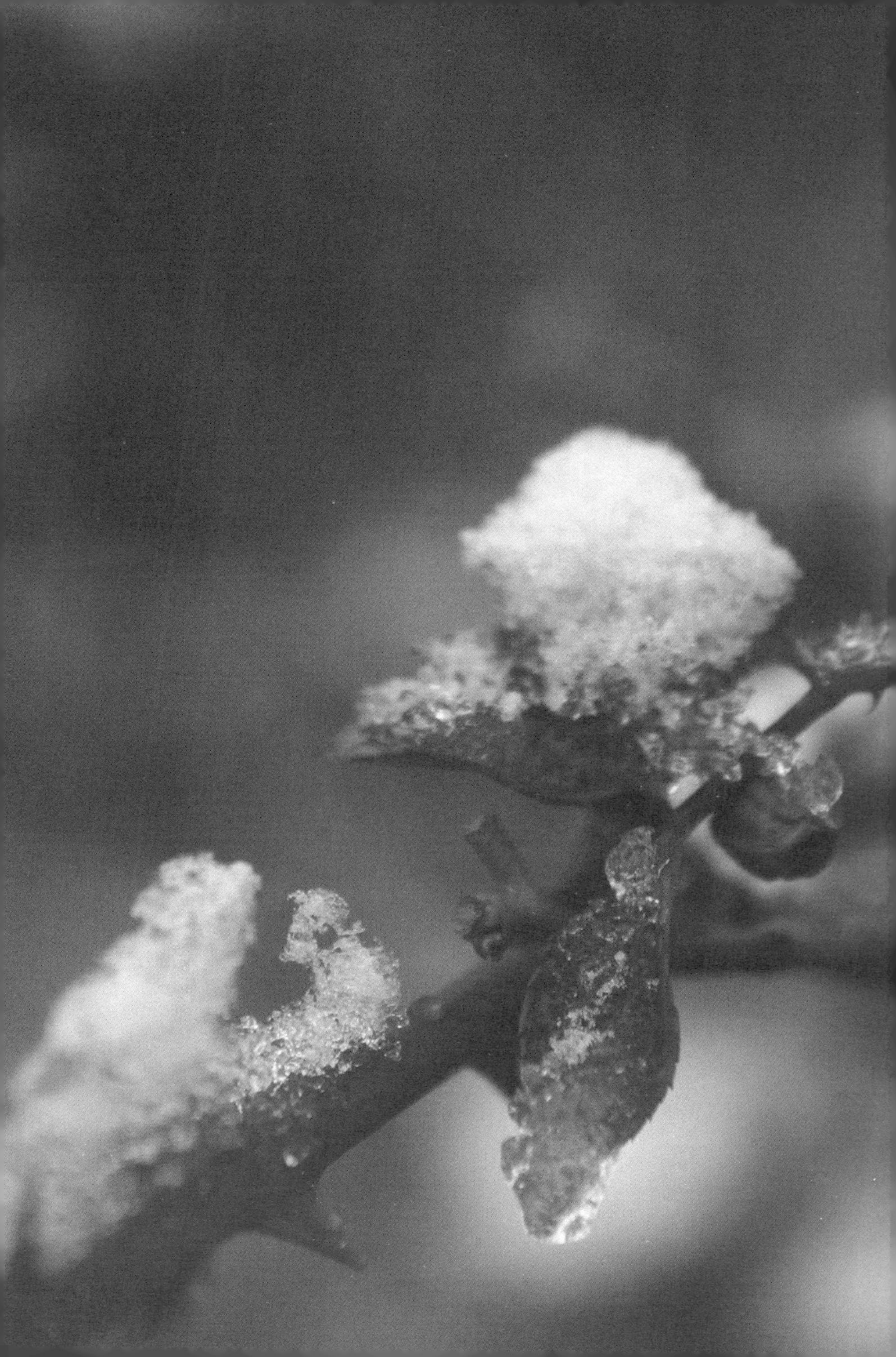

爱情中的甜浆可以抵消大量的苦液，

这就是对爱情的总的褒誉。

我真愿意我们能够变成蝴蝶，

哪怕只在夏季里生存三天也就够了，

我在这三天得到的快乐，
要比平常五十年还要多。

除了心灵情感的神圣性和想象的真实性之外,
我对任何其他事情都没有把握。

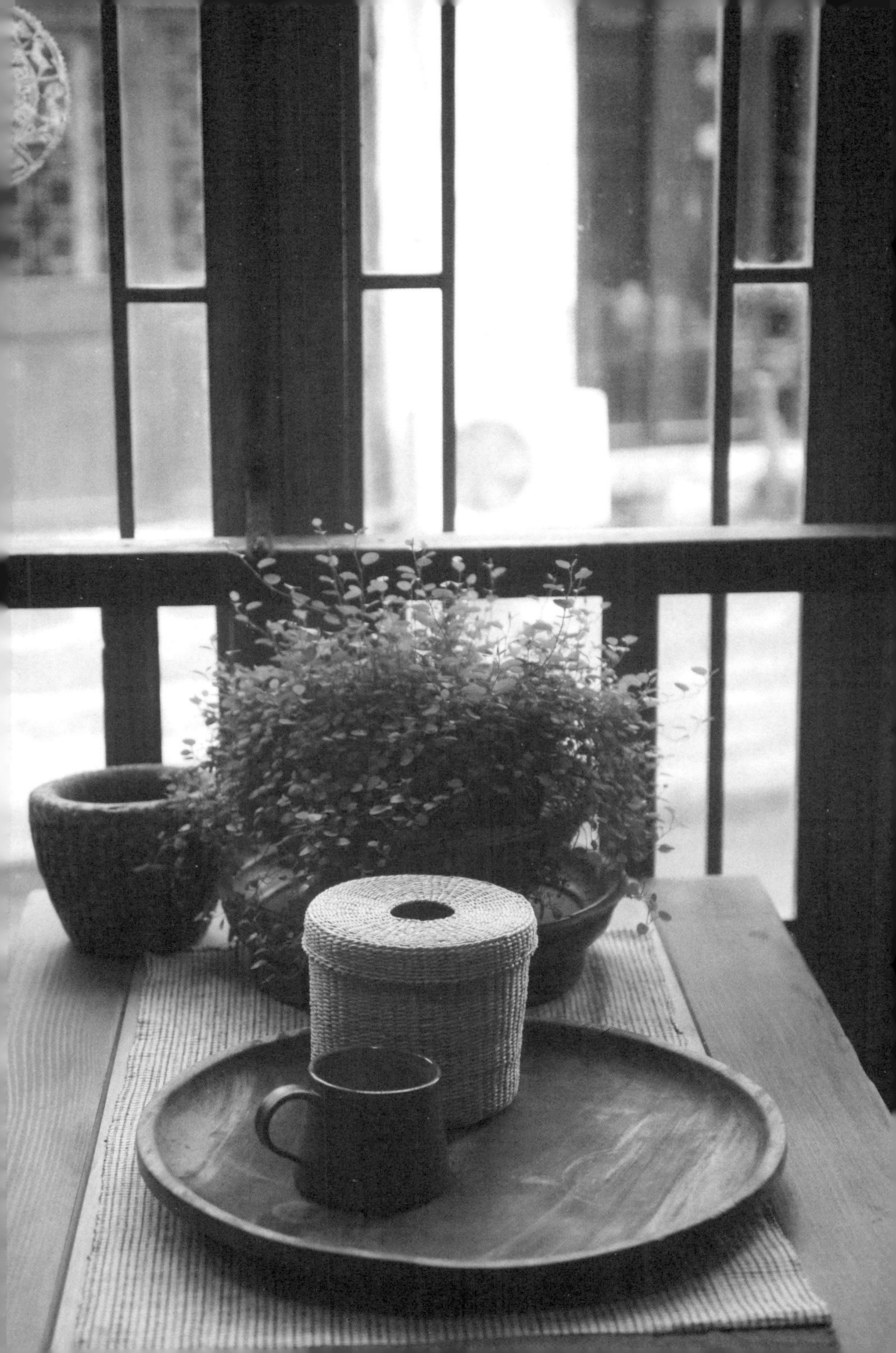

每个熹光初露的早晨，
他们醒时柔情至浓；
每个暮光四合的傍晚，
他们沉湎于蜜意痴情。

RAFFINE SKETCH

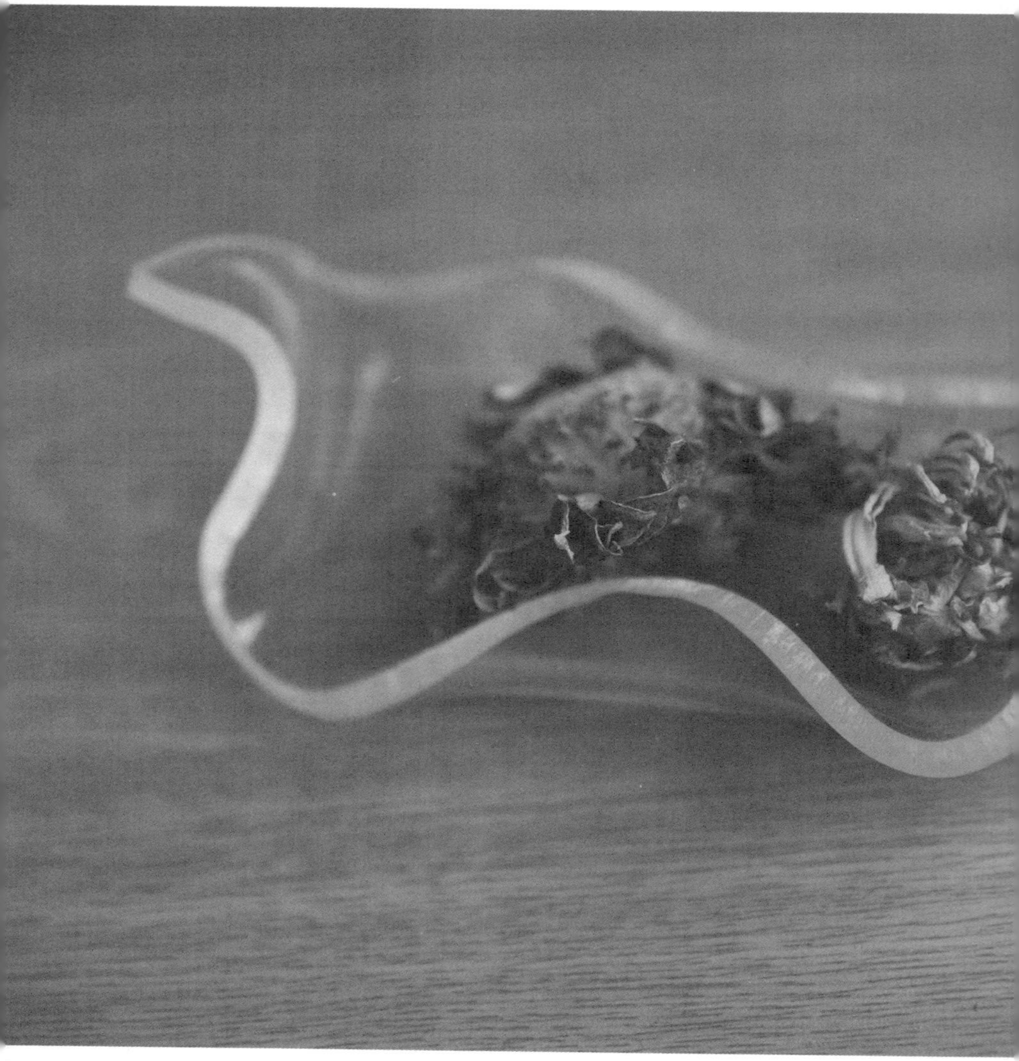

对于一个伟大的诗人来说,
美的感觉压倒其他一切考虑,

或者不如说,
美的感觉消灭了其他一切的考虑。

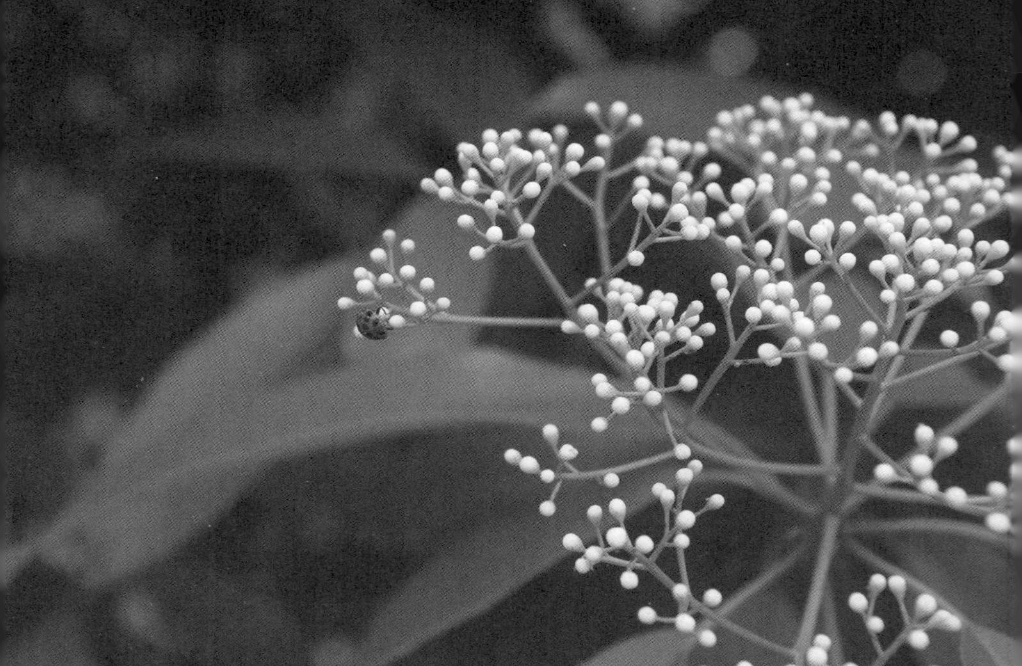

久困于都市的人
最渴望见到朗朗晴空,

天空开颜,祷告者畅快地呼吸,
蔚蓝的苍穹满是笑颜。

只有把全人类的痛苦当成自己的痛苦,

**并且为此日夜不安的人,
才有希望到达光辉的顶点。**

目录 CONTENTS

怠惰颂/ *002*

赛吉颂/ *006*

夜莺颂/ *010*

希腊古瓮颂/ *014*

忧郁颂/ *017*

秋颂/ *019*

一 颂

咏和平/ *022* 　　致柴德顿/ *023*

致拜伦/ *025* 　　写于李·亨特先生出监之日/ *026*

哦,孤独!/ *028* 　　有多少诗人将岁月镀了金/ *029*

给赠我以玫瑰的友人/ *030* 　　久困于都市的人/ *032*

给我的弟弟乔治/ *033* 　　初读恰普曼译《荷马史诗》/ *034*

刺骨的寒风阵阵/ *035* 　　清晨别友人有感/ *036*

给我的兄弟们/ *037* 　　致海登(一)/ *038*

致海登(二)/ *039* 　　愤于世人的迷信而作/ *041*

蝈蝈与蟋蟀/ *042* 　　致柯斯丘什科/ *043*

给G.A.W/ *044* 　　呵,在夏日的黄昏/ *045*

漫长的冬季将逝/ *046* 　　写在乔叟的故事《花与叶》的尾页/ *047*

初见爱尔金壁石有感/ 048　　献诗——给李·亨特先生/ 049

咏沧海/ 051　　快哉英伦/ 052

重读莎翁《李尔王》/ 053　　当我忧虑，自己会太早逝去/ 054

给一/ 055　　致斯宾塞/ 056

人的四季/ 057　　访彭斯墓/ 058

写于彭斯诞生的村屋/ 059　　咏阿丽莎巉岩/ 060

致荷马/ 061　　咏睡眠/ 062

咏名声（一）/ 063　　咏名声（二）/ 065

如果英语/ 066　　"白天逝去了"/ 067

灿烂的星/ 069　　致芳妮/ 070

接过李·亨特送来的桂冠/ 071　　致看见了我桂冠的姑娘们/ 072

咏勒安得画像/ 073　　写在本·尼维斯山巅/ 074

今夜我为何发笑/ 075　　一个梦，读但丁所作保罗和弗兰切斯卡片段后/ 076

咏"美人鱼"酒店/ *078*
仙子之歌/ *080*
雏菊之歌/ *081*
你去哪里啊,德文郡的姑娘/ *083*
冷酷的妖女/ *085*

三
抒情诗

伊莎贝拉/ *090*
圣亚尼节前夜/ *117*

四
叙事诗

一
颂

怠 惰 颂

1

三个影子来到我面前,
弯着脖子、牵着手、脸扭在一旁;
他们一个挨一个,平静走来,
足踏水晶鞋,身披典雅的长袍;
他们走过,像是大理石盒表面的浮雕,
石盒转动他们就到另一面;
他们再次到来,石盒再转一下,
一切又转回来,最初的身影又出现;
他们令我觉得如此怪异,正像那时降临的,
菲狄亚斯初见花瓶时的目光。

2

怎会这样,影子!我还没认出你们?
你们如何戴着面具悄悄前来?
这可是一个暗中设计的精心筹谋,

想要偷走，再把它丢开，
我那些闲散的时光？昏昏欲睡正是时机，
夏天慵懒的云朵充满喜悦，
迷困了我的双眼，我的脉动渐渐缓慢；
刺激也没了痛感，快乐的花环上没了鲜花；
哦，你们为什么不消融，让我独自感受彻底无人干扰，
除了那——虚无？

3

他们第三次经过，经过又回头，
每个人都有片刻把脸转向我，
然后消退，为了追随他们，
我热烈地渴望一双翅膀，因为我认识他们仨：
第一位是个美丽姑娘，她的名字叫爱情；
第二位是"雄心"，面颊苍白，
疲惫的双眼不停地审视观察；
最后一位，我最爱，诋毁傍满身，
这不驯服的女孩，我却越爱，
我认她做我的诗歌之灵。

4

他们消逝了，千真万确！我想要翅膀：
哦，愚蠢！爱情？她在哪儿？
还有那可怜的雄心！
它迸发从一个男人小小的、暂时发热的心灵。

还有什么诗魂!——不,她没有快乐,
至少对于我,还不如午睡香甜,
或是傍晚闲散随意的四处游荡。
哦,想要避开烦恼的一个时代,
但愿我永远不知道月亮圆缺,
永远听不见奔忙劳碌的声音!

5

他们第三次来;——到底是怎么了?
我的睡眠被绣上了昏暗的梦,
我的灵魂成了一片草地,
长满鲜花,影影绰绰,流光回转:
黎明遮满了云,并没有落雨,
可她的睫毛却挂着五月甘甜的泪滴;
打开的窗外盘着葡萄的嫩枝,
就让嫩芽的温柔和鸟儿们的歌进来吧;
哦,影子啊!这就到了说再见的时间!
趁着你们的裙裾上还没沾上我的眼泪。

6

再见吧,三个幽灵!
你们无法托起我那隐没在花草间的头颅;
我不想毫无节制地清享美誉,
或是变成言情剧里的宠物羊!
渐渐从我眼前消失吧,

再一次变作石盒表面的浮雕幻影。
再见!纵然黑夜里还能想见,
白天这幻影依然能若隐若现。
但是消失吧,幽灵们!
从我这闲散的心灵飞向云端,永远不要再回来!

1819年3月

赛　吉　颂

1

神啊！听听这些不成曲的音乐吧，
被甜蜜的执着和亲切的回忆所谱就，
很抱歉歌曲唱出了你的秘密，
却直传入你那软贝壳一般的耳朵：
的确我今天梦到，说不定是亲眼看见
那长着翅膀的吉赛睁开了双眼？
我在森林里漫不经心地闲逛，
突然，我被惊得头晕目眩，
看见两个美丽的精灵比肩而依
在那深深的草丛中，沙沙絮语的树叶下
还有鲜花轻轻覆盖，以及溪流汩汩流淌，
无人窥探：

2

安宁、清凉的花朵，芬芳盛开，

蓝色、银白色和紫色的花蕾，
他们气息平静地躺在草地上；
他们手臂相拥，翅膀交叠；
他们的唇没有相触，却也没有远离，
好像因为安睡而短暂分开，
随时准备更多次的亲吻，
在黎明到来时分再次欢爱：
我认识那披翼的男孩；
可是你是谁，快乐幸福的小鸽子？
他的好吉赛！

3

哦，最后的绝美超群的生物，
已经消逝了的奥林巴斯山上的神族！
比福柏的蓝宝石还要仙灵耀眼，
或者威斯佩，天边的多情金星也比不过你的温柔；
你比他们更美，纵然没有神庙，
也没有鲜花装点的祭坛；
也没有那一到午夜便升起的，
纯净孩童的清丽婉转地唱诗咏叹；
没有声音，没有琴，没有风管，也没有香烟，
从那金链装饰的香炉中飘散；
没有神龛，没有果林，没有神谕，
也没有崇拜的狂热和沉迷于梦幻的苍白嘴唇。

4

啊，最亮的你！虽没赶上那些古老的契约，
也没有赶上信众的歌颂，
当神灵出没于庄严圣洁的林间，
净化了空气、水流和火焰；
纵使那些古老的日子渐远不返，
虔诚的幸福不再来，
那闪亮的翅膀仍然飞翔在褪色的奥林巴斯，
我看着，歌唱着，我有幸亲眼所见。
就让我来做你的唱诗班，歌一曲咏叹调，
在那午夜到来的时刻！
你的声音、琴、风管和香烟，
从那空中摇摆的香炉中四散；
你的神龛、果林、神谕和狂热的崇拜，
那沉迷于梦幻的苍白嘴唇。

5

是的，我要做你的祭司，建起庙堂，
在我头脑中那未被践踏的地方，
那里伸展着沉思，快乐与痛苦令它生长，
取代了松树在风中沙沙作响：
还有大片大片的绿荫苍郁，
覆盖着峭壁，接连峭壁。
在那里，微风、溪流、鸟儿、蜂儿轻唱；
这寂静广袤疆域的中央，

正是我修建的那玫瑰色的庙堂,
它那花环构筑的思想的大脑,
装点着花蕾,铃铛和不知名的星星,
园丁构思所有这些奇思妙想,
他的手下绝不会培育雷同的花朵:
那里有你能够冥想到的一切,
静谧和谐,温暖欢欣,
宛若一支火炬,或是在深夜打开的一扇窗,
正好让爱的温暖照亮!

1819年4月

夜 莺 颂

1

我心痛,困倦与沉寂刺痛了我,
那痛楚,好似饮下了剧毒的酒,
或是因为吞服了鸦片而被消耗殆尽,
片刻,我便沉入了忘川列溪:
并非嫉妒你的幸福,恰是你的快乐令我格外欢欣——
你呀你,身披薄翼的树林精灵。
清亮的嗓音悠扬流转,
山毛榉的浓荫中充盈着灵动的乐音,
你放声高歌,唱诵夏天。

2

呵……来轻啜一口这美酒!
这甘霖经年冷藏在深深的地下,
只需一口,便如见到了花神和那绿意盎然的城邦,
舞蹈,恋歌吟唱,灿烂骄阳!
哦,来吧,饮下这装满杯中的南部的温暖,

装满的艳红、清冽的神灵之泉,
以及在杯口隐现明灭的泡沫,
宛若珍珠,又将双唇染成紫色;
我要一饮而尽,再悄然离去,
与你一同消失在那深林暗处。

3

远远地消逝,弥散,全然忘失,
在丛林中的你对此一无所知,
这尘世间的疲倦、病痛和烦恼,
在这儿,人们对坐而悲叹相诉,
麻痹瘫痪的人,只有凌乱灰白的发丝在飘动;
在这儿,青春渐行渐远,苍白消逝直至灭亡;
在这儿,思绪中充满的全是遗憾,
忧伤和绝望呆滞的目光,
在这儿,美人留不住双眸的华彩,
新生的爱情也在朝夕间憔悴枯萎。

4

去吧!去吧!我飞向你那里,无须搭乘酒神那猎豹的座驾,
而是凭借灵妙诗句的无形双翅起航,
尽管乏味的头脑中满是疲乏困顿,我却已经来到你身边!
夜色祥和安宁,恰似月宫女王正在登上宝座,
群星仙子一般簇拥着她,可是这里却不甚明亮,
微风拂来从天堂散落的朦胧微光,

透出幽深的绿意,青苔曲径若隐若现。

5

我认不出脚边开放的是什么花,
也闻不出枝头的嫩蕊飘散的是什么香;
我只能在幽暗中默默猜想那芬芳,
这样的季节里该是何样的韶华美韵,
分封给了这草地,林莽,和原野中的果木,
那白色的山楂花,和田园间的野蔷薇,
易谢的紫罗兰隐现在绿叶中,
还有那五月中旬的宠儿——
承欢带露满载甘霖的麝香玫瑰,
夏夜里这儿成了蚊蝇嗡嘤盘桓的领地。

6

暗夜中我聆听着;啊,有多少次了,
我几乎爱上了安逸的死亡,
我用尽诗句辞藻去呼唤他柔软的名字,
请他带着我的气息一起融进空明;
然而此刻,死亡是多么的华丽盛大:
毫无痛苦地在午夜安然而去,
你呢,正倾诉宣泄着你的灵魂如痴如狂!
你将高歌依旧,而我却再也无法倾听——
那高亢的安魂曲也只能唱给一抔泥土。

7

啊,你将永生,这不死的精魂!
饥饿的年代也无法令你屈服;
我听见往昔的夜晚听过的歌声
曾在遥远的过去打动了帝王和村夫。
大概这歌声也同样激荡过路得,
她充满忧思的心,怀念着家乡,
站在异乡的麦田里泪流满面;
也是这歌声,许多次令那被禁锢的"窗里人"迷醉,
她推开窗——无际大海中浪涛汹涌,仙乡失落汪洋。

8

失落!宛若一声闷响的洪钟,
它在催促我回到孤独的自己!
别了!都是幻想,这个骗人的小妖,
她浪得虚名,再不能施展伎俩。
别了!别了!你幽怨的歌声渐远,
流过近地草坡,越过静静溪流,
飘升到了山坡,而今却已深深地
掩埋在了附近的山谷:这究竟是幻觉,还是醒时的梦境?
那乐音远去——我是醒着,还是在梦乡?

1819年5月

希腊古瓮颂

1

你是"宁静"的新娘,仍旧保持童贞的处子,
你是"沉默"和"慢逝时光"领养的孩子,
你啊,是山林的史学家,
能够美妙铺叙如花一般的传说,甜美胜过我们的诗句!
你的身形被绿叶镶边,那古老的歌谣萦绕;
讲述的是神,或是人,抑或人神同道,
流传在腾陂,还是阿卡狄河谷?
那是什么人,什么神?什么样的姑娘不情愿?
多么热烈的追求!多么强烈的逃避!
那是怎样的风笛和铃鼓!怎样的狂热欣喜!

2

被听见的乐音固然甜美,而那无法谛听的旋律却是更加的美妙;
柔情的风笛,尽管继续吹奏吧;
不必为了耳朵演奏,而是更为深情地,

为那深处的心灵奏出无声的乐曲；
那树下的美少年，请你不要离开，
只要你的歌声持续，树叶也不会凋零；
莽撞的爱人，你永远得不到一吻，
纵然已经足够接近了——但你可不要悲伤；
她永远不会衰老，尽管你无法如愿，
却能永远地爱着，她也永远动人！

3

啊，多么幸运的树木！你永远不会凋零，
你的绿叶，永远不会失去春光；
啊，幸福的演奏者，你从不疲惫，
永远演奏着常新的乐曲；
啊，更为幸福的爱，更多、更多幸福的爱！
永远热烈，永远尽享欢愉，
永远心跳，永远年少青春；
这所有的情态都如此脱俗：
永远不会让心灵烦闷或餍足，
不会令头脑炽盛狂躁、嘴唇焦渴。

4

都是什么人前来祭祀？
要去哪一座祭坛，神秘的祭祀？
那献祭的小母牛向天而鸣，
花环缀满她光滑的腰身。

这是哪一座城镇,依傍河流还是靠近海边?
或是靠着高山,筑起的和平要塞,
人们一早倾城而动,赶着去祭祀神明?
小城啊,你的街巷将永远地悄然无声,
没有一个灵魂能够回来
讲述你为何从此变成了荒芜废墟。

5

啊,典雅的造型!唯美的仪态!
遍布的精美大理石雕制的少女们和男人们,
树林蔓延,荒草伏倒在脚边;
沉默的形体啊,你冰冷宛若"永恒",
令人超越思想:冰冷的牧歌!
当衰老凋落了这一代人,
你却依然故我,又在另一些哀伤中像曾经那样,
用朋友的口吻抚慰后人:
"美即是真,真即是美"——这是全部,
你们在世间所了知、应该了知的一切。

1819年5月

忧 郁 颂

1

哦不，不要去忘川，也不要挤榨根茎深扎泥土中的乌头碱，
别把它的毒汁当作美酒，
也别让你苍白的额头承受那一吻——
那是龙葵之吻，来自地狱女王普罗赛宾的红葡萄；
别把水松果壳做成你的念珠，
也别让甲虫，以及扑火的飞蛾，
成为你忧伤的灵魂，
别让那阴险的夜枭，
陪伴你心底难解的悲哀；
阴影叠加着阴影只会混混沌沌，
极度的苦闷终会将清醒的灵魂湮没。

2

可是，一旦忧郁的思绪飘临，
仿佛天空突然飘落泣雨，

滋润了垂头丧气的花草,
四月迷蒙的雨雾笼罩青山,
就用你的哀愁去供养清晨的玫瑰,
或是化作粼粼海面上绚烂的霓虹。
或者绽放艳丽的牡丹;
又或者,若是你的女王嗔怒怨怼,
就温柔地拉着她的手,任由她,
你只要深深地、深深地凝望她绝美的双眸。

3

她与"美"共处——美必将消亡,
还有欢愉,"欢愉"总将手放在唇边,
随时道别;还有毗邻痛苦的"快乐",
只要蜜蜂来采撷,它就化作鸩毒。
哎,在那"欣喜"的庙宇中,
隐匿着"忧郁"的至尊神龛,
只有味觉敏感的人,
才能咬破"快乐"之果品尝,
灵魂一旦尝到了"忧郁"的力量,
便会立即臣服,悬挂在她的云端。

1819年5月

秋　颂

1

多雾的季节，恰是果实成熟的时节，
你与熟酣万物的太阳是密友；
与他合计，如何负载和祝福，
让那茅檐下的葡萄藤蔓缀满累累果实；
让苹果压弯农庄里青苔覆满的果树枝，
让每只果子都从心里熟透，让葫芦硕大；
榛子的外壳饱满，胀鼓鼓地塞进甘甜的果仁；
让那迟开的花朵，
不断地开放，再开放，吸引住蜜蜂，
让蜂儿们以为暖和的日子会常在，
夏天仿佛满溢出那蜜糖黏稠的蜂巢。

2

有谁没见过你，经常流连在谷仓？
有时候不管谁出门去找寻，

你散漫地坐在麦场上，
扬谷的风中轻轻撩拨飘飞你的秀发；
或是在没有收割完的田垄里酣睡，
罂粟花香浓郁馥令人迷醉，
你的镰刀闲置而任由下一畦庄稼与垄上的野花痴缠；
有时，你像拾穗人一般跨过溪水，
头顶着谷袋安稳如磐，
或是倚在榨浆机旁，耐心地守候，
任由时光分秒流逝直至最后一滴果浆落下。

3

春歌在哪里？哦，春歌去哪儿了呢？
可也别为它们太费思量，你也有自己的乐曲——
当片片彩霞将将逝的天空装点得绚烂；
广袤的留着麦茬的原野被涂抹着玫瑰色，
这时，一群小小的飞虫哀音同鸣，
在沿河的堤柳间，伴着微风嗡嘤盘桓，
忽高忽低，起伏明灭；
篱笆墙下蟋蟀在歌唱，
红色胸膛的知更鸟在菜园里纵情高歌；
而群羊在山圈里高声咩叫；
群飞的燕子正在空中啾啾呢哝。

1819年9月19日

二
十四行诗

咏 和 平

啊,和平!你可是带着祝福而来,
为了这被硝烟战争充斥的海岛,
用你的慈悲面容来抚平我们的痛苦,
令这联邦岛国重拾明朗的笑颜?

我欢呼着迎接你的到来;
我也欢呼为你随驾而侍的可爱伙伴们,
赐我完满的喜悦吧——让我如愿以偿;
愿你钟爱那柔美的山林仙子,

借着英国的快乐,也宣告欧洲的解放。
啊,欧罗巴!
不要让暴君以为你还能像从前那样屈服而卷土重来;

打碎那枷锁吧,大声喊出你的自由,
给予君王法律——别再给他们集权:
恐怖岁月结束了,你将拥有好运!

1814年

致 柴 德 顿 ①

哦,柴德顿!你的命运多么的悲惨!
你是哀伤与苦难之子!
你的双眼过早地蒙上了死亡的阴霾,
而不久前,这双眼睛才刚刚闪耀天才与崇高的光芒!

那声音多么短暂,纵使雄浑高亢,
却过早沦为断章残篇!
那黑夜竟然如此嚣张地逼近你美好的早晨!
你过早的殇逝好似刚刚绽放一半的花朵,被暴风雪摧败凋零。

但这都已经是过去。如今你在繁星之中,
在高高的九霄天上;向着旋转的苍穹,
你歌声甜美悠长;和谐自在地飞扬,

---

① 柴德顿(Thomas Chatterton,1752—1770),英国文学史上的最短寿诗人之一,不满18岁就因见弃于文坛而自尽。他死于华兹华斯出生之年,华翁在《果决与自立》一诗中慨叹诗人在世,每始于喜悦而终于绝望,特别提到柴德顿与彭斯。济慈写此诗时才19岁,未必想到自己也会夭亡,只是惺惺相惜而已;可是"夜色忽至,紧追你的朝霞"岂不是也应在他自己身上?幸运的是,他毕竟比柴德顿多活了八年,才能赶写出更多杰作,在文坛的贡献更大。

超越了负义红尘与人类的恐惧。
大地上自有好心人捍卫你的名字，
不容他人贬损，用泪水滋养你的美誉。

1814 年

致 拜 伦

拜伦,你的乐曲如此甜美忧伤,
令人们从内心深处生出柔情,
好似温暖的慈悲,伴着不寻常的重音,
演奏着痛苦的琴,而你就在一旁谛听,

记下了乐音旋律,琴曲便不会消亡。
幽暗的悲伤并没有减损你给人愉悦的本性;
你只是将不幸留给自己,
轻轻蒙上一轮清光,令它光芒万丈。

好似彩云遮蔽了月魂精灵,
云朵边缘炫放出耀眼的金辉,
琥珀色的光线从黑袍中穿透而出,

又好像云母石上美丽的波纹;
垂死的天鹅啊!请继续吧,继续讲述,
娓娓道出你的故事,那甜蜜怡人的悲凉。

1814 年

写于李·亨特[①]先生出监之日

有什么关系,因为向执政者说了真话,
好人亨特被关入了牢房,然而自由如他,
精神不朽,依然自由自在,
正如那天空中的云雀,欢欣而不羁。

虚荣的奴仆啊!你以为他在等待吗?
你以为他整天望眼欲穿地盯着狱墙,
等着你不甘愿地打开门锁将他释放?
哦,不!他更懂得快乐,且天生高贵!

他在斯宾塞的厅堂里徜徉游荡,
采撷迷人的花儿;
他翱翔,
同勇者弥尔顿相伴于无垠长空。

---

① 李·亨特在《探索者》杂志上发表评论摄政王的文字,被判处罚金及两年禁闭。他在监狱中继续编辑工作,友人拜伦等都曾前往狱中探视他。他于1815年2月2日出狱时,济慈曾拜访并表示祝贺。

他抵达天才的顶峰,那也正是他自己的领地,
带着幸福飞翔。你们的名声早晚会破产,
而他的美名终将与世长存,谁能撼动?

1815年2月

哦, 孤 独 ! [1]

哦,孤独!假若必须与你共处,
但愿别在那杂乱无章,灰蒙蒙一片的建筑里。
请与我同登险峰——
那大自然中的瞭望台——远眺山谷。

河谷覆满花草,河水亮晶晶,好似近在咫尺;
让我为你守望,在枝叶茂密的树丛中,有小鹿跃过,
惊起野蜂一片,匆匆掠过花丛。

即便我很乐于与你同游美景,但我更愿意与纯洁的心灵深交;
那里有情思优美的精妙言语,令我灵魂愉悦,
而且我相信,人的最高的乐趣正如此,
是一对相通的心灵投入你的怀抱。

1816年1月

---

[1] 这是济慈公开发表的第一首诗作,刊登于1861年出版的《观察家》杂志上。

有多少诗人将岁月镀了金

有多少诗人将岁月镀了金!
我总是幻想将他们当作养料——
那美妙的诗章
或平凡,或崇高,总使我沉吟深思;

不时地,每当我坐下来沉吟诗韵,
那些华美的诗章便涌进我的脑海,
却并不会引起嘈杂的混乱,
而是汇聚成和谐悦耳的乐章。

好似黄昏集合的无数声响:
鸟的歌声,树叶沙沙低语,
水流潺潺,钟声低沉回荡,

伴随着庄严的声音,成千上万的,
更多来自远方的无法识别的音响,
它们奏出美妙的乐曲,而不是聒噪喧嚷。

1816年3月

给赠我以玫瑰的友人

最近,我在怡人的田野间漫步,
适逢云雀在三叶草的葱翠丛荫间,
摇落了颤动的露珠,而此时,
冒险的骑士也正高举起他满是凹痕的盾牌;

我看到大自然奉上了最美的野生花朵——
一只刚刚绽放的麝香玫瑰,她迎着初夏,
散发着清新的甜香;它秀颀优美,
好像女王提泰妮娅①手中挥舞的魔杖。

当我尽享于她的芳馨的时候,
我想她远胜于园圃中的玫瑰:
但是威尔斯②!自从你的玫瑰给了我,

---

① 提泰妮娅,妖仙的女皇,见莎士比亚的《仲夏夜之梦》。
② 指查尔斯·威尔斯(Charles Wells, 1799—1879),济慈弟弟托姆的同学,曾写过一些小说和剧本。

我的感官就被她们深深迷倒，
她们悄声细语，亲切柔软地请求，
和平、真理和不变不移的友情。

1816年6月29日

久困于都市的人

久困于都市的人，
最渴望见到朗朗晴空，
天空开颜，祷告者畅快地呼吸，
蔚蓝的苍穹满是笑颜。

谁能比他更快乐，带着一颗满足的心，
倦了就躺在起伏的青草中，
偎在逸乐的地方，尽情地阅读优雅的故事，
讲述一段苦恼的爱情。

傍晚他回到家去，
一面仔细聆听夜莺歌喉嘹亮，
又不住地瞭望云朵灿烂溢彩飞向天际，

他遗憾一天竟然这样匆匆流逝；
仿佛天使坠落的泪珠，
从清明寂静无声地陨落。

1816年6月

给 我 的 弟 弟 乔 治

今天我已见过了许多奇迹：
太阳刚刚升起便用亲吻抹去了清晨眼中的泪水；
诗神们头戴桂冠斜倚着黄昏金色轻柔的晚霞；

海洋无边无际，深邃湛蓝，
承载着它的船只，礁石，洞穴，恐惧和憧憬，
它发出神秘的啸声，谁听到了，
都会想到悠远的未来与过去！

亲爱的乔治！此时此刻我写给你，
月光女神正通过她的丝幔悄然窥望，
好似她的新婚之夜，逍遥迷醉，
她的欢情只流露了一半。

可是，如果没有与你的交流，
这天空和海洋的奇迹对我又有何意义？

1816年8月

初读恰普曼译《荷马史诗》

我曾游历许多金色的国度，
见到过许多美好的郡府与王国，
我还曾经到过很多西方的海岛，
那些曾被诗人献颂给阿波罗的岛屿。

我常常听人谈起那片广阔无垠的疆域，
睿智的荷马在那里统辖着思维，
然而我从未能领略那里的芳馨一二，
直到恰普曼慷慨激昂地发了言。

我仿若窥见了苍穹，
一颗新星冲入了我的视野，
好似壮汉科尔特斯，用鹰隼的双眸凝视着太平洋，
而他的伙伴们全都面面相觑，带着讶异的猜想，
静默凝神，站在达利安的高峰之巅。

1816年10月

刺骨的寒风阵阵

刺骨的寒风阵阵，遍地低鸣，
林中树木，一多半都已凋零枯萎；
天空的星星看上去多么冷冽，
而我还有好几里路要走。

但我并不在乎天气的严寒凄冷，
没留意枯叶被寒风吹得窸窸窣窣，
没看见空中如银灯般不灭的星星，
也不觉得距离温馨的家还有那么远：

只因我心中充满了真挚的友爱，
刚刚在那小小的村舍中觅得，
金发的弥尔顿尽诉悲辛衷肠，

他悼念挚友里西达斯的溺亡；
述说穿着青衣的可爱的劳拉，
还有头戴荣耀桂冠的忠诚的彼得拉克。

1816年10月

清 晨 别 友 人 有 感

送我支金笔吧,
让我依靠着一丛奇妙的花,在那遥远神圣的仙境;
给我张白纸,比星星还要明亮素洁,
或是给我天使的芊芊玉手,

奏响天堂里的银色竖琴,诵唱圣乐:
让缀满珍珠的香车来来往往,
粉红的裙裾,撩动的长发,和镶钻的宝瓶,
乍隐乍现的翅膀,目不暇接,

仙乐悠扬缭绕在我的耳际。
当曼妙的乐章奏到即将休止的时分,
便让我写下荣耀的诗行,

充满奇迹、辉煌的天堂圣境:
我的灵魂在攀登凌霄的高峰!
它怎能忍受这么快就孤独。

1816年10—11月

给 我 的 兄 弟 们

小小的、跳跃的火舌,在新添的煤炉里闪耀着,
它们微弱的爆裂声打破了寂静,
好像是家庭之神在冥冥中的细语,
在守护着兄弟们友爱的灵魂。

当我穷尽天地地搜寻诗句时,
你们的眼睛却带着迷蒙,
凝视着那深邃的大部头,
它的奥义常常在夜晚慰藉我们的烦忧。

今天是你的生日,托姆,我高兴,
这一天过得静好安宁。
愿我们能拥有更多这样的日月,

让我们能够共度这样的黄昏,安详静谧,
品尝世间真正的欢乐,直到那个伟大的声音出现,
呼唤我们回归天庭。

1816年11月18日

致 海 登 ① （ 一 ）

高尚的情怀，渴望友善的言行，
对美名伟岸的尊贵人物心怀倾慕，
他们往往无闻栖身于平凡市井，
居于嘈杂街巷，或是隐没在密林深处；

我们认为天真无知的人，却常常拥有不放弃的坚强意志，
那群可悲的放贷的商人们，早该感到惊异、羞耻和无地自容。

多么荣耀啊，为了理想和荣耀，
孜孜不倦勇敢耕耘，锲而不舍的天才们！
用不屈不挠的意志，去摧灭恶意的嫉妒与中伤，
令它们丑态毕露，数不尽的灵魂都在无声地赞扬歌颂，
他是人们心中的国之骄子。

1816年11月

---

① 海登（B.R.Haydon，1786—1846），英国画家，主要绘宗教及爱国题材的历史画，认为这对国民有巨大的教育意义。但他的画不能在资产阶级社会里售出，终于因忍受不了生活的压迫而自杀。

致 海 登 ① （ 二 ）

伟大的灵魂来到红尘世间；
他是属于云朵、瀑布和湖水的，
他昂扬振奋，守护在赫尔维林②的高峰，
从天使的翅膀中获得新的能量；

他是属于玫瑰、紫罗兰和春天的，
他和善微笑，为了自由被铁链禁锢，
啊！他却如此坚定而不屈服，
绝不逊于拉斐尔③耳语的语言。

还有一些灵魂站在他的近旁，
他们走在未来时代的前沿；
他们赋予世界另一种心跳，

---

① 本诗前八行所指的人为华兹华斯、亨特及海登。
② 赫尔维林（Helvellyn），英国北部的山峰。
③ 拉斐尔（Raphael，1483—1520），意大利文艺复兴时期的伟大画家。

另一种脉动。
难道没有听到
那声巨响的前奏?
听听吧,普天之下的世人,
你们将哑口无言。

1816年11月

愤 于 世 人 的 迷 信 而 作

教堂的钟声阴郁而鸣，阵阵作响，
它召唤人们去另一种祈祷，沉溺其中，
另一种黑暗沮丧，更深的烦忧，
使得人们更专注地倾听布道者的宣讲。

显然人们的头脑已被施了魔咒，
紧紧地被束缚，
他们每个人都宁愿抛弃炉边的欢愉和美好的歌曲，
宁愿与内心高尚的人断绝往来。

钟声不停地响，我感到悲凉，
仿佛坠入坟墓中的阴冷，
我怎能不知那些人已如灯尽油枯，

那是他们的声声叹息，悲音中他们正走向沉沦；
而芬芳的花朵总会生长盛开，
荣耀荣光的世界终会到来。

1816年12月

蝈 蝈 与 蟋 蟀

大地之歌从不会消亡；
当小鸟们抵不过烈日而眩晕，
不得不躲进绿荫中时，有个声音却来了，
跃过重重藩篱，沿着刚刚割过的草场，

那是蝈蝈；他来领个头儿，
开始了夏日奢华的盛会，他无休无止，
境享欢欣，感到疲倦困累时，
只消在小草下片刻的清凉小憩。

大地之歌从不会终止；
严冬孤寂的黄昏，
当寒霜将万物冰冻入沉寂，
却从炉边想起了蟋蟀的歌声，炉火温暖慵懒，
人们听得恍惚迷离昏昏欲睡，
仿佛又听见青草间蝈蝈的吟唱。

1816年12月30日

致 柯 斯 丘 什 科

啊，柯斯丘什科①！你伟大的名字，是一次丰收，
满载着高贵的感情；对我们而言，它像是荣耀的钟声，
来自广阔天际——一支永恒的乐曲。

此时它告诉我，在那未知的世界里，英雄们的名字破云而出，
化作音乐，永远地回旋在无垠广袤的晴空和缭绕星际。

它还告诉我，在那些欢愉的岁月，世间有善良的精灵行走，
你的名字与阿弗烈德②和远古伟人这些名字和合于一，
便有惊人的效应，一曲嘹亮的赞歌诞生，
悠远地飘荡直至上帝居住的处所。

1816年12月

---

① 柯斯丘什科（Kosciusko, ?—1817），波兰的爱国志士，曾参加美国独立战争，并为了争取波兰的自由，在1792年率领4000人抵抗俄军16000人。波兰屈服后，他于1794年再起而抵抗俄普联军，失败被俘。被释后卜居伦敦及巴黎，享受着自由战士的荣耀。
② 阿弗烈德（Aifred, 849—901），撒克逊王，以开明著称。他曾振兴文学，并译有哲学及历史著作多种。

给 G.A.W [1]

低眉浅笑、暗送秋波的少女,
一天中在哪个奇妙的瞬间,
你显得最可爱?
是你说话时到达甜蜜忘我的境界?
或是你凝神静默沉吟思索在神往之地?
或是,突然跑出去披着清晨的长衫去迎接黎明第一抹阳光,
你一路雀跃却又小心不去踩踏那娇嫩的花朵?
也许你红唇微张之时最可爱,
出神而忘了合拢,专心聆听着,
但你却因此而显得格外完美灵慧,
我真的说不清哪一种最美;
正如无法说清阿波罗[2]身前的三位女神
究竟是谁更加温婉雅致。

1816年12月

---

[1] G.A.W,乔治安娜·奥古斯塔·威利,后来成为乔治·济慈(济慈弟)之妻。
[2] 阿波罗,日神,司艺术。

呵，在夏日的黄昏

啊！我多么喜爱，在夏日的黄昏，当云霞光芒万丈渲染布满了西天，
亮白的云靠着温馨的西风休憩，我多么希望远远地、远远地抛开一切

所有卑微的念头，暂时解开烦忧，跟那些微小的愁绪告别；
随意轻松地去寻访自然织就的美丽，遍满芳香的花野，
在那里暂且让灵魂获取片刻欢愉

那里的侠义忠贞能温暖我的心胸，怀念弥尔顿[①]的命运，
锡德尼[②]的灵柩，他们正义的形象伫立于我的心中，

说不定我还能借着诗歌的翅膀飞翔，
饱含着哀伤而温暖的热泪会洒下，
当那婉转动人的哀伤迷住了我的双眼。

1816年

---

① 弥尔顿，因反对帝政和参加清教革命，皇室复辟时，曾被捕并失去大部财产。
② 锡德尼（P. Sidney，1554—1586），英国诗人及政治家。在与西班牙作战时，受伤而死。

漫 长 的 冬 季 将 逝

漫长的冬季将逝，浓雾黑暗不再压向我们的平原，
从南方送来了和煦暖阳，
清除掉了那病恹恹的天空里一切刺眼的污渍。

从痛苦中解放的时光，迫切地想要享受久失的权利，
那是五月的感觉，
眼睑还残留着没来得及离去的寒气，
却像玫瑰花瓣上跳跃的夏日雨滴。

恬淡的思绪涌现在心头，像那些绿叶啊，
果实啊，秋天艳阳啊，
在黄昏里静静微笑的稻谷啊，萨福①的甜美面颊，
婴儿熟睡的酣甜，沙漏中慢慢流逝的细沙，
林子里的小溪流，一个诗人的逝去。

1817年1月31日

---

① 萨福（Sappho），古希腊的女诗人，写有很多爱情诗。

写在乔叟的故事
《花与叶》的尾页

这美妙的故事像一片小树林:
甜美的诗行好似绿叶枝条交织,
读者沉浸在这个小小的天地,
四处流连,全心投入其中,

很多次他感到有如露珠滴落,
清凉而不经意地打湿了他的面颊,
他还跟随着鸟儿的歌声,
探寻到那细脚红雀的幽深小径。

啊!明净的单纯竟是这般有力!
雅韵的故事竟是如此富于魅力!
我尽管对这荣耀渴望已久,

而这一刻,我却只是满足地躺在草地上,
好像两个啜泣的孩子,没人理睬,
只有知更鸟能听到,默默伤悲。

1817年2月

初见爱尔金壁石① 有感

我的灵魂如此脆弱——无常，
像不情愿的梦沉重地压着我，每一件极致想象的巅峰之作，
以及神造一般的杰作，都在告诉我，我必将死亡，

像是患病的鹰隼，只能仰望着天空。
然而哭泣却又未免奢侈，尽管我无法驾云御风抵达灵霄，
去获得那一睁眼就已错过的新鲜晨光。

这极尽辉煌想象的脑力之作，
带给我不可名状的纠结，在心头纷纷扰扰，
这些炫目的奇迹刺得人心痛：

这古老的希腊的壮阔战胜了时光，
带着灰白的海浪，还有太阳，以及一抹雄浑壮美。

1817年2月

---

① 希腊神殿的古圹画及雕饰被英国人爱尔金劫至英国，所以被称为"爱尔金壁石"，置于大英博物馆中。

献　诗 ①
—— 给李·亨特②先生

荣耀和瑰美都已过去、消散；
当我们在清早出游的时候，
就已见不到那袅袅的香烟，
向着东方飞去，去遇见微笑的时光；

不再有成群结伴的快乐少女，
抛洒婉转的妙音，
提着一篮蓝稻谷、玫瑰、石竹花、紫罗兰，
去装点那为了迎接早春五月的百花神坛。

不过还有诗歌这样的乐趣，
令我侥幸感到幸运和福气：
在这样的时代，

---

① 这首献诗是印在济慈第一本诗集的首页上面的，出版于1818年3月。
② 李·亨特（Leigh Hunt，1784—1859），英国作家及诗人，《观察者》杂志的主编。他初次发表了济慈的诗，并予以评论。济慈通过他而认识雪莱，他也是拜伦的友人。

得到树荫的庇佑,

固然找不到了牧神,
我尚能感受自由,
葱郁浓荫的奢美,让我还能够恳求你
笑纳这一份微不足道的献礼。

1817年3月

咏 沧 海

他发出恒久的低低耳语，
回荡着荒凉的礁岸，
又带着他凶猛的海潮奔涌湮没千岩万穴，
直到赫卡特用咒语在所有岩洞中留下歆歔。

他也时常温和安详，
哪怕是最最微小的贝壳偶然失落，
也会有那么好些天，没有海浪来挪动它们，
上一次肆虐的狂风此时也暂时收手。

哦，如果你的眼睛感到枯燥疲倦，
就去看看这无边的汪洋吧；
哦，如果你的耳朵受够了喧闹繁杂，
或是听腻了音乐会，
也不妨去坐在那古老的岩洞口，静静冥想，
直到恍然间，仿若一众海神的歌声响起！

1817年4月

快 哉 英 伦

快哉英伦，我由衷感到满足，
这里一片葱茏茂郁，胜过任何异乡，
这里轻风拂过高高的树林，
吟唱着古老的传说，
异地的风如何能比！

但有时我也会苦苦寻觅意大利的朗空艳晴，
心中渴望着攀登上阿尔比斯山巅的宝座，
浑然忘却凡俗尘世的争名夺利。

快哉英伦，少女们天真烂漫，
她们淳朴无邪，令我心动沉醉，
雪白的手臂默默地挽住你；

但我却也时常盼望见一见，
那些美目含情的风雅丽人，听听她们的歌，
且与她们在夏日的溪水中同游嬉戏。

1817年

重读莎翁《李尔王》

哦,金嗓子的传奇,琴鸣的韵律!
披着华美羽毛的海妖,来自远古的女王!
在这个冬日请停下你的歌声和演奏,
合上你的残卷书页,请保持静默;

再见!我要再一次历经烈焰,
天道和人间对立冲撞相互残酷的诅咒,
我必须再一次重新品尝,
莎翁这又苦又甜的奇异鲜果;

一代诗宗啊!阿尔比安的云天,
你把隽永深邃的主题一路传来!
当我深深地走进这古老的橡树林,
不要让我在这梦幻里沉迷漂泊,

当我燃烧殆尽,
请给我以浴火凤凰的重生之翼,飞向热望。

1818年1月22日

当我忧虑,自己会太早逝去 ①

当我忧虑,自己会太早逝去,
我的笔却还未能写尽头脑中的丰盛思绪,
还没有那堆叠成山的书本,
在字里行间好像谷仓中囤积的成熟的谷粒;

当我见到大块的云朵,象征着高贵的传奇,
夜空中的面孔浮现在繁星间,
想到自己将要不久于人世,
却没有机会去用那魔法之手幻化阴云;

当我感到,转瞬即逝的佳人,只怕我也无缘再向你凝望,
还未曾体验那没有答复的爱情,来不及沉醉其中;
于是万丈红尘中我孤身一人,伫立思索,
直到爱情和名声幻化无痕地沉没。

1818年1月31日

---

① 济慈第一首采用莎士比亚韵式写就的十四行诗,附在1818年1月31日致雷诺兹的信中,被认为是他以这种诗格创作最成功的作品之一。

给 —— ①

五年了,时光的潮水起起落落,
漫长的光阴如细沙般反反复复地经过沙漏,
自从我陷入了你的美貌罗网,
也被你那裸露的手臂轻轻俘获。

可是,我总是望向午夜的空中,
总是在记忆中见到你灿然的目光;
总是在见到玫瑰嫣红的花瓣,
心儿就会飞向你的面颊;

只要看到花蕾绽放,我的耳边就会深情地想念你的唇际,
等待着那里吐出一句爱的言语,
吞下它,那甜蜜仿如一种错觉。
你已经用甜蜜的记忆冲淡了一切光芒,
你令我心中的欢乐总是带着忧伤。

1818年2月4日

---

① 这首诗所给的人,据说是济慈在狐厅花园中曾偶尔一见的一个女子。

致 斯 宾 塞

斯宾塞！有一个艳羡你的崇拜者，
一个隐藏在你的密林深处在那丛林之间，
昨晚他请求我答应，
要精心为你撰写一篇美文去愉悦你的耳朵。

可是，灵动的诗人，那不可能啊！
一个久居于寒冬大地的人，
无法升起像太阳神一般烈焰燃烧的翅膀，
用金色羽毛的笔去书写一篇欢乐晨颂。

也不可能一下子摆脱苦役，
去继承接管你的精神灵感；
花朵必须饮足了自然土壤中的营养，
方能绽放艳丽的芬芳；

等到夏天再来找我吧，
为了取悦他，我愿意那时试试我的笔。

1818年2月5日

人 的 四 季

四季周而复始成为一年,
人的脑海中亦有四季时令,
他有朝气的春天,当天真明快,
把所有的美好都尽收囊中。

他有奢华的夏天,
当春的荣光已成为他回味追思的青葱岁月,
他沉湎其中,被梦境捕获,
便接近了天堂:宁静的港湾。

他的灵魂便有了秋天,此时他的翅膀收拢着,
他满足、自得,慵懒沉醉——
任由美好事物像门前的河流般在眼前流过。

他还有冬天,是的,苍白而变形的,
不然,他便真是超越了人的天性。

1818年3月

访 彭 斯[①] 墓

这小镇,这墓园,和这西沉的斜阳,
这云朵,这树木,和这圆顶山的一切,
固然美丽,却是冰冷、陌生、宛若一梦,
我很早以前梦见过,如今又重现眼前。

夏天这样短促而苍白,仿佛只是从冬天过渡的片刻喘息,
星星蓝如美玉,却毫无温暖光芒,
一切都是冰冷的美;痛苦没完没了,

谁能像米诺斯那样聪慧,懂得品味真实的美,
而又不使她染上病态的想象和虚弱的骄傲之气。

投掷向那灰白的暗影!彭斯!我一直敬重着你。
伟大的精魂啊,隐去吧!我深悔冒犯了你故乡的天空。

1818年7月1日

[①] 彭斯(R.Bums,1756—1796),苏格兰伟大的诗人。济慈在访问他的坟墓后,给弟弟托姆写信说道:我在一种奇怪的、半睡的心情下写了这篇十四行诗,我不知道为什么觉得那云彩、那天空、那房子,都是违反希腊风和查理曼风的。

写 于 彭 斯 诞 生 的 村 屋

这平凡的身躯不满前日寿命，
哦，彭斯，此刻走进了你的小屋，
你曾在这里梦想过独享鲜花之湾，
沉浸在幸福之中，忘记了命运的摆布。

你的威士忌激奋着我的血脉，
我头脑发轻，为你的伟大诗魂而晕眩，
我的双眼被迷幻而仿佛失明，
幻想也沉醉了，扑倒在它的终点。

尽管如此，我依然站在你的地板上，
能够打开你的窗去寻觅，
那些你曾经一遍遍地逡巡的牧场，
依然能够深挚地、由衷地思念你。

我还能为了你的名字而痛饮一杯——
微笑吧，在幽冥的暗影里，这正是你的美誉！

1818年7月

咏阿丽莎巉岩

听着！那如金字塔一般的海上巨岩，
请用你海鸥般的嗓音回答我：
你的双肩何时披上了巨浪滔天？
你的额头何时不见了阳光灿烂？

这有多久了呢，当大自然鬼斧神工令你离开沉睡的海底，
将你托举到半空，
你的眠床，从此伴着雷鸣电闪，
披着阳光灰云便是你冰冷的被衾。

你不回答，是睡得酣沉吗？
你一生便在这两种沉寂中永恒——
此时在半空，原先在海底。

先是伴随着鲸鱼，后又相守着苍鹰——
地壳的震怒将你高耸出了海绵，
除此谁又能将你这巨灵唤醒！

1818年7月10日

致 荷 马

被困于无知中孑然一身,
乍然听说你,听说那基克拉迪群岛,
我像是一个坐在海边深深渴望的人,
想要寻访海底深处的海豚珊瑚礁。

你竟是个盲人!但那障眼的帷幕早已裂开,
约夫打开了天堂的帷幕请你入住,
海神为你建造了浪筑的帐篷,
牧神也邀请野蜂为你吟唱歌曲;

啊,黑暗的边缘总会升起亮光,
悬崖上也有没被践踏的芳草,
黑暗的午夜里,曙光正含苞待放,
失明的人却能拥有更为敏锐多重的视力;

这好似一种灵视,正如远古戴安娜女王,
她主宰着人间、天堂和地狱。

1818年8月

咏　睡　眠

啊，静谧午夜里温柔的安魂者，
用细心的手指轻轻阖上我们喜爱幽暗的双眼，
为它遮挡光亮，令它躲进那神圣的遗忘之乡。

啊，酣甜的睡眠！如果你愿意，
就请在唱诵的中途，便合上我的双眼，
或者等到那声"阿门"之后，
请你好心地把催眠的罂粟洒在我的床边。

请救救我，否则那消逝的日光，
又将重新照上我的枕边，引起阵阵忧思；

请救救我，远离这好奇心，
它好像鼹鼠一般，在黑暗中有力地钻行：
请把钥匙在润滑的锁孔间轻轻转动，
把我的灵魂锁进寂静的灵棺。

1819年4月

咏 名 声 （ 一 ）

名声，好像一个野姑娘，
却依然对那些卑躬屈膝的祈求无动于衷，
那些莽撞的男孩儿倒是讨她喜欢，
最倾心的是那些满不在乎的心灵；

她是个吉卜赛女郎，
对于那些离开她就浑身难耐的人，
她不理不睬，
而且她朝三暮四，
听不进去窃窃闲谈，
要是听见谁在谈论她，
便会心生怨恨；

这个地道的吉卜赛姑娘，
生在奈拉斯①，

---

① 奈拉斯，尼罗河的古称。

她是善妒的波提法①之妻的妹妹，
单恋的诗人们啊，
该用轻蔑回报她的蔑视；
失恋的艺术家们啊，
别再如此痴狂迷醉！

就向她报以风度潇洒的一躬，
说声再见——
说不定她正喜欢如此，
会紧紧跟在你的后面。

1819年4月30日

---

① 《旧约·创世记》中记载，波提法的妻子引诱奴仆约瑟不成，恼羞成怒，反诬约瑟，使波提法把她关进监狱。

咏 名 声 （ 二 ）

多么狂热的人啊！
他无法心平气和地面对自己终归有限的时日，
他纠结而消磨着生命每一篇书页，
亲自剥夺了自己名誉的贞操；

这好似玫瑰要去摘下自己的花朵，
李树要去摇落自己薄雾中的繁花，
又像是水泉女神，顽皮的精灵，
用污浊的泥水玷污了自己的仙境；

可是，玫瑰依然在枝头，
等着暖风的亲吻和蜜蜂的采撷，
李树依然盛开一身红色的衣裳，

湖水也还是那么晶莹澄澈：
为什么，为了名声的人却要执着求取，
信奉邪教，而最终无可救赎？

1819年4月30日

如 果 英 语

如果英语的诗韵必须受到制约,
可爱的十四行诗,也只能戴上镣铐,
尽管痛苦,好像安德罗墨达一般,
如果我们必须受到格律的限制,就让我们找一找,
为诗歌编制更为精美的草履穿上,
让诗神更为轻盈;
我们审视竖琴,捻拨掂量每一根琴弦,
那发出的音律,
就让谨慎勤劳的听觉细心校准聆听它们的张力,
好像是贪财的迈达斯;
我们惜墨如金地慎用音韵,
就连那些枯枝也被善用地编织成桂冠;
这样,就算我们无法解救缪斯,
至少她还能为自己戴上花冠。

1819年5月

"白天逝去了"①

白天逝去了,一切甜蜜也随之而逝!
甜美的嗓音和红唇,
柔软的手,酥软的胸,
温情的呼吸,轻柔的耳语,
低声如梦,明亮的双眸,
美好的体态,以及柔软的腰身!

一切都如鲜花一般凋谢了,
我曾见过的最好的美景也凋谢了;
我双臂曾拥抱过的最美的身躯也凋谢了;
那声音、温暖、洁白和极乐,
全都凋谢了——

一切都无缘无故地消退,
恰在黄昏降临时分——

---

① 本诗和以后两首都是写给诗人的恋人芳妮的。

黄昏,本是假期、良宵,
正该开始帷幕中细密的浓情爱意,
正可以编织香幔以便遮蔽欢愉;

但是,今天我已饱读爱的弥撒书,
他会让我安眠,看着我斋戒祷告。

1819年10—12月

灿 烂 的 星 ①

灿烂的星！我祈愿你能如我一般坚持——
并非高悬在夜空里独自发出炫美之光，
并且不辍地守望着，睁着永恒不倦的双眼，
好像是大自然里的隐士，坚韧无眠，

海潮翻涌像大地的传教士，
为海岸线环绕生活的人们洗礼清洁，
或是凝视着初飞的白雪，渐渐覆盖了高山和谷底——

不——我只是希望坚定地，
枕在爱人温暖成熟的胸脯上，感受着它柔和地起起落落；
永远清醒地感知那甜蜜的起伏，

还要不断地、不断地倾听着她温柔的呼吸，
就这样活着——或者沉醉死去。

1819年

---

① 这是济慈的最后一首诗，写于自英国赴意大利的海船上。

致 芳 妮

我求你,疼我、爱我!是的,爱!
仁慈的爱,从不会挑逗、耍弄,
一心一意的、坚定不移的、坦诚的爱,
没有伪饰,透明无瑕,纯洁无染!

啊,让我完全地拥有你——全部,全部,属于我!
形体,金发,那甜美细腻的情趣,
爱啊,你的吻,你的手,你那动人的双眸,
温暖、洁白、圣洁、销魂的胸脯——

你,你的灵魂,请心疼我,全给我,
不要有一丝一毫的保留,否则,我就去死,
或者活着,沦为被你怜悯的奴隶,
迷茫,忧伤,没有了自我。

生活的目标——我的精神品味
也从此麻木全失,我的野心壮志也从此消亡!

1819年10—12月

接过李·亨特送来的桂冠

时光分秒飞逝……直到此时,
还没有任何神秘力量来引领我的思想,
进入那得尔斐迷宫。
我真想抓住那不朽的思想来偿还,

我欠这善良诗人的,
他已给我冠上至高荣誉在我雄心壮志的头顶。
头上有两弯月桂枝——这简直是痛苦,
当我意识到这头上的冠冕,

时光仍在飞逝,美梦却始终不来,
在我所期冀的光彩夺目中;
却只看到世界至高的奖赏被践踏,

包括那头巾、皇冠和尊贵王权——
我随即陷入了无休止的猜疑:
所有这些荣耀是否真实存在。

1816年6月

致看见了我桂冠的姑娘们

在这广阔丰茂的大地上,
有什么比月桂枝编就的桂冠更可爱?
也许是那缭绕的月晕吧,
或是洋溢在唇边的甜美三重唱乐曲;

或者你会说是那初露缀在清晨的玫瑰上,
或是那潺潺的温柔在海面上播撒着的层层细浪;
但是这些比拟都还不够,

那么世间竟没有什么与之堪比吗?
那银色的四月的泪,还是五月的青春?
或者,那蝴蝶般轻盈的六月风?

不——这些无法更改我的心,
我所钟爱的棕榈叶——
它将永远向你们尊贵的双眸致以敬意。

1816年6月

咏勒安得画像

甜美的姑娘们,端庄地到来,
眼帘微垂,收敛的眼波,
在忽闪的眼睑中深藏闪动,
又用皙白的玉指将长发微微梳拢。

好似那样的温柔,你们无法得见、
不可触及,像是你美貌的牺牲者,
让他年轻的灵魂沉入暗夜,
沉入那意乱情迷的阴沉的海。

这年轻的勒安得正跋涉向着死亡,
几近疯狂,他要把热切的唇,
印上希罗的面颊,用笑容迎接她的微笑。

哦,可怕的噩梦!看看他的身体多么沉重,
埋没在了死亡的海洋;手臂和肩膀挣扎几下,
他便去了;那多情的呼吸升腾成泡沫四散!

1817年8月

写 在 本 · 尼 维 斯 山 巅

给我上一课吧,缪斯,大声地讲出来,
在这云山雾罩的尼维斯之巅!
我望见那巨大山口,深深隐藏,
茫茫云霭覆盖了山谷;正如我所知——

人们认为的地狱样子;我抬头仰望:
那里亦是一片茫茫,天堂也如此,
人们口中的天堂;云雾蒸腾缭绕在我脚下的大地之上;

即便如此,人们看到的自己也正是如此朦胧,
在我脚下是嶙峋的山石,
正如我所知,这可怜愚昧的精灵,
我踏上它们,眼前所见的一切皆是迷雾和峭壁,

不仅是这座山峰,
在思想和精神的领域一样如此。

1818年8月2日

今 夜 我 为 何 发 笑

今夜我为何发笑?没有声音回答,
上帝不答,严苛的恶魔也不答,
不论天堂或地狱,都不屑回答,
如此我只得转向拷问人类心灵:

心灵啊,你和我都在此悲伤,又很孤单,
可是为何我要发笑?哦,致命的痛苦!
哦,黑暗啊黑暗!每当我要悲叹,
问天堂、问地狱、问心灵却都是徒劳。

为何我要发笑?我知道这生存的契约,
我幻想它能向着极乐无限伸展,
然而也许这个午夜我便停止不前,
眼见那俗世的彩旗被撕成碎片。

诗歌,美名,和那浓郁芳香的美人,
死亡却更浓烈——死是生的最高报偿。

1819年3月

一个梦,读但丁所作保罗和弗兰切斯卡片段后

当赫尔墨斯展开他轻盈的翅膀,
隔板上的阿尔戈斯神魂颠倒,昏沉睡去;
接着是得而斐的芦笛,我的游魂将它奏响,
演奏、沉迷、征服、失去……

龙族的上百双巨眼
见它已经沉沉入睡,便飞向远方——
不是那冰天雪地的伊达山顶,
也不是那伤透约夫的心的腾陂河谷;

而是去悲伤地狱的第二圈。
这里狂风席卷,风过之处骤雨冰雹,
爱人们无从诉说他们的哀怨悲伤。我见他们双唇苍白,
我吻着的柔唇同样苍白,而一样的状况,
我追随着,那愁云惨雾的风暴。

1819年4月

三
抒情诗

咏"美人鱼"①酒店

已故的诗人的亡魂啊,
你们领略了怎样的极乐之境,
悦人的田野或是绿色幽邃的洞穴,
如何能比得上美人鱼酒店?
你们可曾品尝过美酒,
哪里能胜过店主的加纳利琼浆?
或是天堂里的鲜果,
能比那美味的鹿肉馅饼更加香甜可口?
哦,美味!
被装点得好似勇士罗宾汉,
将要带上他的玛丽安前来,
端起脚杯和陶罐通宵畅饮。

我曾听人说起那一天,
店主的招牌不翼而飞,

---

① "美人鱼"酒店是伦敦最早的一家文人荟萃的酒店,莎士比亚、波芒等常到那里去。

无人知晓它去了哪里,
直到占星师用他的老鹅毛笔,
在羊皮纸上写下了那些故事——
讲述他曾看见你们无上荣光,
就坐在那全新的老字号招牌下,
推杯换盏饮着琼浆,
满心欢喜地庆祝将美人鱼酒店,
开设到了黄道十二宫。

啊,已故的诗人的亡魂啊,
你们领略了怎样的极乐之境,
悦人的田野或是绿色幽邃的洞穴,
如何能比得上美人鱼酒店?

1818年

仙 子 之 歌

不要悲泣!哦,不要落泪吧!
来年花儿还会再度绽放。
别再伤悲,哦,别再难过了!
花蕾正沉睡在根茎的白色芯子里。
擦干眼睛吧,哦,擦去泪水!
我在天堂学会了如何,
让那清歌妙音流出胸膛——别再哭泣。

抬头看看,往上看啊!
在那红白相间盛放的花丛中——
向上看,看看上面——我正振起双翼,
飞向那茂密的石榴枝条。
看我!就是用这银铃般的声音,
总是能够治愈好人的哀伤。
收起泪水!哦,别再哭啦!
来年花儿还会再度绽放。
别了,别了——我却要飞走,再见!
我将消失在那蔚蓝的天边——别了,别了!

1818年

雏菊之歌

1

太阳啊,睁大他的巨眼,
却没有我看得清明;
月亮啊,
遍洒骄傲的银辉,
却与乌云遮蔽无二。

2

哦,春天啊春天,
我快乐自在像个国王!
斜倚着丰茂的青草,
窥视着每一位漂亮姑娘。

3

我敢去窥探人所不到之处,

没人敢望见的，
我凝视着；
倘若此时黑夜来临，
羊儿就会为我唱起催眠曲。

1818年

你去哪里啊,德文郡的姑娘

1

你去哪里啊,德文郡的姑娘?
你的篮子装的是什么?
你这乖巧的天仙,从那新鲜乳酪的房间来,
可否如我所愿,馈赠一些奶酪给我呢?

2

我喜爱你的草坪和门前的野花,
我喜爱你香甜美味的干酪;
但我更喜爱躲在门后与你热吻个够,
哦,不要抛下这样不屑的眼神儿!

3

我喜爱你的山峰和溪谷,

我喜爱你欢声咩叫的羊群,
但我更想与你并排躺在草地上,
听着彼此怦怦的心跳!

4

就让我把你的提篮轻轻放好,
把你的披肩挂上柳梢,
在雏菊惊讶的目光中,我们轻叹,
枕着青草相拥热吻。

1818年3月

冷 酷 的 妖 女

1

哦,为何这样痛苦,骑士?
孤单彷徨,面色苍白?
湖中的芦苇已经枯萎,
鸟儿也不再歌唱!

2

哦,为何这样痛苦,骑士?
悲伤无助,憔悴沮丧?
松鼠的巢穴已经贮满食粮,
庄稼也都进了谷仓。

3

我看见你的额角好似白百合,
病热的汗水仿如颗颗露珠,

我看见你的面颊好似玫瑰，
正在迅速地枯萎。

4

我在草地上遇见了一位姑娘，
艳光四射好似天仙之女，
她长发飘逸，她双足轻盈，
她双眸中闪着野性的光。

5

我为她编织花环，
还有手镯和芳香的腰带，
她望着我好像是真心爱着，
又柔声地轻轻叹息。

6

我带她骑上骏马逡巡游走，
整天除了她什么也不看，
她侧身靠着我，吟唱着，
歌声好似仙境曼妙。

7

她为我采来鲜美的根茎，
甜蜜的甘露和野蜂蜜，

她说着奇异的话语,听来正像
"我是真的爱你"。

8

她带着我来到她的洞府,
一边哭泣一边连连哀叹,
我轻轻阖上那狂野的、狂野的双眸,
以轻轻的四个吻。

9

在她的洞府我渐渐入睡,
然后我梦见——哦!真是灾难!
从未有也再不会有比那更糟的噩梦,
就在这冷冰冰的山边。

10

我看见了国王,王子,无数骑士
个个脸色苍白死寂,
他们叫喊着——冷酷的妖女,
她也把你抓来了!

11

幽暗中我看见他们张大了嘴,
吼出了可怕的警告;

我一下惊醒,
发现自己就在这冷冰冰的山边。

12

我因此而徘徊在这里,
孤单彷徨,面色苍白;
湖中的芦苇已经枯萎,
鸟儿也不再歌唱!

1819年4月28日

四
叙事诗

伊 莎 贝 拉

1

至美的伊莎贝拉,至纯的伊莎贝拉!
洛伦佐,爱之神青睐的年轻人!
他们二人虽居于同一屋宇下,
也仍然彼此思恋成疾。
他们同坐进餐,相互偎依在一起,
只有这样,才觉得心里踏实。
他们在同一屋宇下入眠,
做着彼此的梦,并为之流泪。

2

每个熹光初露的早晨,
他们醒时柔情至浓,
每个暮光四合的傍晚,
他们沉湎于蜜意痴情。
无论在哪里,舍内,田间,还是花园,

他的眼里只有她的倩影。
他充满磁性的声音在她的耳畔，
比枝叶萧索、清泉沥沥更加动人，
她因恋人的名字而纠结了针线。

3

他知道谁的柔荑推开自己的门，
不须门扉开启之后才观望，
他透过她闺房的窗户望见倩影，
比鹰的眼睛还要迅疾。
他不论晨昏地守望着她，
宛若持续不变的晚祷。
她的脸望向同一片天空，
他挺过长夜漫漫，期待着她，
直到她早起下楼的脚步声。

4

五月是漫长的，
经历了相思的煎熬。
六月，他们的容光黯淡乃至苍白。
"明天——，我要向恋人倾我所有，
恳请得到他的欢颜。"
"呀，洛伦佐，你若不唱出爱情的歌谣，
我宁愿在今夜死去。"
他们对着枕头彼此埋怨，
在苦涩的时光中一天又一天煎熬。

5

伊莎贝拉吹弹可破的脸颊,
本来柔和如月光,
此时却被折磨得一脸病容,
宛如一个病瘦的年轻母亲,
想用摇篮和歌谣弱化爱子的病:
"她如此烦扰。"
他说:"我不该多言,
但我想坦诚相告我对她的爱意,
如果眉眼可以直达心灵,
我愿饮下她苦涩的泪,
将她的烦扰荡涤一空。"

6

一日早晨他自言自语着对她的爱,
整日心都猛烈律动,
他暗暗向神明祈祷,
希望自己获得表白的力量,
但是他奔涌的热血堵塞了话语,
再次延迟了示爱之心,
然而思念之火在胸中燃烧得更加猛烈。
孩子般的胆怯又在心中蔓延,
恋爱像是男人般的成熟又像孩童般的天真,
混杂于一起。

7

如果伊莎贝拉的眼睛没有看透,
他前额透露的每一种信息,
他又会在长夜中失眠,
并被痛苦所噬咬。
经历过长夜的寒凉,
他面容悲切神态僵硬。
她见他额头灰暗,
顿时羞红了脸,
"洛伦佐……"她想说但怯于表达,
但他已从她的脸上明白了一切。

8

"呵,伊莎贝拉,我只有五分的信念——
我想把自己讲给你听,
如果你曾相信什么,
那么请相信我对你的爱,
我的魂魄已近乎烟消云散,
但我不敢唐突地握你的手,
也不敢专注地凝视你而使你受到冒犯,
但我也许会在今晚逝去,
若我不倾诉满腔的爱,我会留下遗憾。

9

"吾爱，是你引领我走出寒冷，
吾爱，是你带我奔向夏日，
我一定会亲吻沐浴晨光的温暖之花。"
他原本笨拙的嘴此时诵出有韵的诗章，
他们同沐在爱的圣光中，
欢愉如六月的鲜花。

10

分别的时候他们爱眼陶然，
仿佛被飓风摧折的并蒂莲又合瓣，
而且更加亲密地将馥郁的香气相融，
内在的馨香也化为一体。
她在闺房里吟出优美的诗行，
而他则站立在高峰上，
向落日揖别。

11

他们再度幽会，在夜色中。
还没有拉开天空的幕布，
露出星光的面容。
他们每天都秘密地幽会，
在风信子和麝香的花丛中亲吻，
他们远离人迹，避开闲言碎语，
但愿永远如此，
以免让好事之徒传播他们的悲伤。

12

难道他们不曾欢快吗?
只因有情人太多甜蜜和眼泪?
我们付出过太多叹息,
对他们死后又给予过多悯爱,
我们看过太多悲情剧,
何不把故事内容用金色渲染,
就像希腊神话故事:
忒修斯之妻枉然隔海盼夫。

13

爱情是天赐之物,无须过多酬劳,
一剂甜蜜即可解苦涩的毒,
尽管黛朵安息于花丛,
伊莎贝拉在巨大的伤痛中并未颓废,
尽管洛伦佐并未安享苜蓿花下的美梦,
然而真理永恒。
就连小生灵蜜蜂也向大自然求施予,
知有毒之花更加甜蜜。

14

这位美人和两位哥哥,
守着祖先留下的庞大遗产;
在火炬熊熊燃烧的矿坑里,
工人们挥汗如雨;

在喧闹沸腾的工场里，
皮鞭抽打着工人的后背；
那些曾经在战场上厮杀的士兵，
也无法避免皮鞭和枷锁，
在血泊里像一团烂泥。
多少人苦苦在激流中用力，
只为了给主人淘洗金沙。

15

锡兰的潜水工人屏住呼吸，
赤身裸体地面对凶残的鲨鱼，
只为采取海底的蚌珠，
以至于耳膜穿孔出血。
他们为主人打猎，
海豹被杀死在冰层上，
浑身插满箭镞。
成千上万的人活在困苦中，
备受煎熬。
他们从不知自己的悠闲时光，
他们开动机器，将人剥皮削骨。

16

他们因何而骄横，
因为大理石喷泉中飞溅的水，
比贫困者的眼泪更加欢快？

他们因何而骄横，
因为橘子架比赤贫者的门阶，
更加易于攀折？
他们因何而骄横，
因为红格子的账目本，
比古希腊的诗歌更加动人？
他们因何而骄横，
我要大声质问，在荣光之下，
他们究竟有何值得骄傲？

17

两个佛罗伦萨商人自满于，
骄奢者的浮夸，淫逸者的怯懦，
宛若省城中的两个悭吝之徒，
视穷人如奸细来防备。
他们通晓西班牙文、塔什干文和马来文，
像鹰隼一般盘旋在港口的桅杆上方，
他们是运送金银和谎言的骡马，
经常窥伺异乡人的钱袋子。

18

像这般算计的人们则能探查，
伊莎贝拉内心的私密？
他们也不明白洛伦佐的眼睛，
为何会分神。

从埃及传播来的瘟疫呵,
充斥这些狡诈者的眼睛吧。
吝啬鬼不会翻过一丝利,
但是——他们如被驱逐的兔子,
正派的商人都为之左右详查。

19

才华卓著的薄伽丘啊,
我需要你大气磅礴充满激情的祝词,
请赐给我飘香的番石榴花,
请赐给我月光的玫瑰,
请赐给我百合的清香,
然而这一切都变得苍白,
因为你已不愿听我倾诉的琴声。
请原谅我这拙劣的表达,
他无法表现出悲剧的哀与伤痛。

20

我的笔致拙劣,因而请求你的原谅,
使我将这故事讲得流畅。
我敬仰你伟大的妙笔,
愿意传播你伟大的思想。
我要向你致意,
北方的风中,也回荡着你的歌。

21

从种种征兆中,
兄弟俩看出了洛伦佐与妹妹之间的爱情,
这使他们异常愤怒,
一个普通的无名小卒,
怎可获得高贵的胞妹的爱情,
他们筹划着自己的安排,
希望妹妹接收来自豪门贵族的橄榄枝。

22

他们密谋于暗室,
无数次咬牙切齿地抿紧嘴唇,
想出一个恶毒的招数,
他们要伤害洛伦佐的性命,
仿佛对圣灵下手,
他们准备将他杀死在密林中,
然后毁尸灭迹。

23

一个晴朗无云的祥和早晨,
他依靠着园中的栏杆,
半个身子都沐浴在晨曦中,
他们穿过露水凝结的草地,
来到他的跟前说:
"洛伦佐啊,你正享受着美好诗意的世界,

我们本不愿破坏你的兴致，
可是如果你愿意，
请骑上你的马与我们同行，
趁着这寒凉的早晨。

24

今天我们要奔向阿本那山，
行程大约三英里；
快从马儿上下来吧，
趁着晨阳没有烤干玫瑰上的露珠。"
洛伦佐像往日一般风度翩翩，
丝毫没有意识到二人心如蛇蝎，
他准备马具、马刺以及猎装。

25

当他进入庭院，
每走三步就停下来倾听，
期望听到那姑娘早晨欢快的歌唱，
或者她行走时的低语，
正当他思虑徘徊的时候，
忽然听到来自空中的笑声，
他仰头看，发现了恋人的笑容，
她从楼上的窗格里露出一张笑脸，
仿佛紫府的天仙。

26

洛伦佐说:"伊莎贝拉,我的爱人。
我内心想你想得多么苦,
生恐来不及向你说早安。
就连这几小时的分别,
我也悲伤不已,
假如我失去了你,
那么怎么办?
但是我相信,
我们终会从爱情的晦暗中出来,
踏上爱的光明之中。
再会吧。我的爱人,我很快就回来。"
"哦,再会,我的亲爱的。"
她微笑着向他告别,
唱着欢快的歌。

27

兄弟二人,还有洛伦佐一起,
骑着马出了佛罗伦萨城,
到阿诺河畔,那河水冲击着峡谷,
芦苇在激流的摇荡下舞蹈,
鲫鱼逆着水流摇摆着滑腻的身体,
两兄弟涉水时脸色苍白铁青,
洛伦佐却满面光彩,泛着爱情的红润,
他们过河入林,那里静寂得可怕。

28

兄弟二人将洛伦佐刺死,然后埋在林中。
就在这里,他结束了生命与爱情。
一个魂魄如何离开躯壳,
能在孤寂中不觉心痛,
就如同手沾鲜血的凶手,
在河水里把杀人的剑洗净,
他们骑马回家,
因为急躁和慌乱,
马刺也被踢得歪斜不堪,
每个人因杀人而变得富有,
这是罪恶的人间。

29

他们欺骗妹妹说:
"洛伦佐因为紧急商务事务而离去。"
这可怜的姑娘以为哥哥说的是真话,
洛伦佐真的搭船去了国外。
这可怜的姑娘仿佛披上了新寡的丧服,
今天见不到恋人,明日也见不到,
她满是心痛,不知道永远也不得见她的爱人。

30

她独自面对这个世界,
为不复有的欢愉而流泪,

她从早晨就开始哀泣，直到夜色昏沉。
呀！痛苦来得太快，这便替代了火一般的爱情。
她独自一人冥想着斯人，
仿佛在晦暗的光中看到他的身影，
她对死寂发出哀叹，
向虚空举起双臂，
喃喃自语："你在哪里？在哪里？"

31

但痛苦不能恒久占据她的心，
专一的爱情在她胸中点燃了黄金火焰，
她曾为期待美好的一刻而焦躁，
惶遽地度过难熬的日子，
但是最高贵的情思始终占据着她的心，
同时充盈着丰富的欲念，
这是一种巨大的悲剧，
无法抑制的火山般的真情，
她为恋人的远去而心痛。

32

在仲秋的寒气里，
每到黄昏时分都从远方
席卷来冬日的气息。
他剥离了天空金黄的色彩，
奏鸣着死亡的乐曲。

灌木丛中披散着簌簌落叶，
乔木向天空伸展枯死的枝干，
它使一切草木凋零，
才敢离开那北方荒凉的岩穴，
这般，伊莎贝拉的美貌渐渐枯萎。

33

洛伦佐为何还不曾归来，
她一遍又一遍地向哥哥询问，
究竟是什么破地方，
拘押着她的恋人，
他们一再撒谎，
就像散去的雾霾又笼住了山谷，
在每一个晚上，他们都被噩梦惊扰，
他们似乎看到妹妹裹在白色尸布之下。

34

也许她到死都不知晓，
然而总有最神秘的东西，
撞击着人类的心灵，
仿佛弥留的病人遭到猛烈的一击，
仿佛长矛刺穿心脏，
仿佛烈火撕咬脑骨。

35

在茫茫然的大梦中，
在幽暗昏昧的午夜，
洛伦佐飘荡在她的床前，
林中的墓穴闪烁光焰，
他的嘴唇冰冷苍白，
他的嗓音嘶哑黯淡，
他的脸颊被割裂出一道河流，
流淌着泪水。

36

那幽灵发出悲伤的声音，
那灵活的舌头再也发不出惯有音调，
伊莎贝拉侧耳倾听，
仿佛是年迈的修士弹奏断弦的竖琴，
旋律无力且荒腔走板，
从那枯干的口腔里，
飘荡着幽灵哀伤的喑哑，
仿佛夜风吹过冷寂的山林。

37

幽灵的眼里充满伤痛，
然而仍然闪烁爱情的光焰，
这明光驱逐了恐怖的阴影，
使这可怜的少女略略平静，

从而聆听那狞厉的一瞬，
他的恋人怎样被谋杀，
被掩埋在松林的浓荫里，
在水草摇荡的低洼处，
他被残忍地刺死。

38

"伊莎贝拉，吾之所爱！
红色的越橘果悬挂在我的头顶，
巨大的青磨石压在我的脚边，
我的周围覆荫山毛榉、栗树……
还有各种高大的树木，
他们的叶子和果实飘落我的身旁。
对岸的羊群曾从我的墓顶踏过，
风曾吹进我的墓穴。
请向我坟头的野菊花洒一滴清泪，
我的魂魄便得以平静。

39

"唉，我如今魂魄无依，
独自漂流在躯体之外。
听着赞美主的歌，
生命的回音在周围往复，
光阴的蜜蜂循着光飞向田野，
教堂的钟声在报告时间。

所有这些都使我感到，
这世界熟悉而陌生，
从此梦魂相隔，
你在遥远的人世，
我在冰冷的幽冥。

40

"过去我对人世的一切都有感觉，
如若我不是魂魄，我必然发疯，
我虽然不能感知人的温暖，
但那旧时的感觉温存着冰冷的大地，
好像我以光明苍穹中的天使为妻，
你的苍白也使我快乐，
我渐渐爱上你现在的模样，
更加尊荣的爱，萦绕着我这飘荡之魂。"

41

幽灵伤感地离去，并且道别。
空气中似乎还有袅袅的余音。
如同我们未眠于午夜，
想起人生的疾苦和风雨，
我们把眼睛和泪水埋入枕头和被褥
发现幽暗中的东西翻涌，滚动，
纠痛了沉重的眼睑。
伊莎贝拉感到眼皮发痛，

天光方亮就从床上坐起,
睁大了她美丽动人的眸子。

42

伊莎贝拉大笑并大哭起来,
"谁人解这残酷人生?
本以为世界上最残酷的无非是灾难,
要么活在快乐中要么挣扎,
若不能痛苦地活着不如现在死去,
未曾想到罪恶在哥哥的刀锋上蔓延,
亲爱的幽灵啊,是你让我真正活着。
我将要去看你,亲吻你的眼睛。
并在每个晨昏,向你问好。"

43

天亮的时候她已有了坚定的信念,
她将秘密入林,只带信赖的老嬷嬷一人。
她要亲吻那珍贵的泥土,
她要唱出最美的歌,
她要证明梦境的真实,
她要祭拜阴森而鲜活的树林,
尽管那树林像一副棺木。

44

她和老嬷嬷沿河流前行,
不断地与这年迈的乳母低语,
她四顾林木,手持短刃,
"是什么样的火焰灼烧着你的心,
我亲爱的孩子?
究竟是什么样的美好事物,使你发笑?"
她们找到了洛伦佐的墓地,
哪儿有磨石,也有低垂的越橘树。

45

谁人不曾在青春的坟场徘徊,
让自己的精魂如同一只鼹鼠,
穿透黏土、沙石、寒泉,
直接去窥视棺木中的骸骨,裹尸布,和一节一节白骨,
谁不曾为死亡所扭曲的形体而悲悯,
谁不愿看到人恢复心灵灌满的肉体,
呀,这感觉还不够惨痛,
绝比不上此刻跪倒在洛伦佐墓前的伊莎贝拉。

46

她望着脚下腐叶遮蔽的大地,
一眼看透了它的隐秘,
仿佛透过枯井看到底部的肢体,
她的心灵短暂地困在这谋杀之地,

仿佛百合花在幽谷,
她拔出短刀开始掘土,
好像守财奴掘地下的金银。

47

她掘出了一只手套,
那上面有她曾经刺绣上的紫色的梦,
她亲吻它,嘴唇仿佛贴上岩石,
她将它塞进胸前的衣服夹层,
在这里凝结了一切,
包括她的婴儿般的哭声和幻想。
她略一停歇又开始挖掘,
以至于秀发滑落遮住面颊,
她将覆面长发抛诸脑后,继续用短刀挖掘。

48

老嬷嬷站在一旁看着小姐的举动,
泥土阴冷潮湿,令她的心充满哀悯。
她跪倒在地,白发颤抖着,
用枯瘦的手指和伊莎贝拉一起挖掘,
三个小时之后,她们终于挖到墓穴,
伊莎贝拉既不痛哭,也不捶胸顿足。
她好像凝固在哪里。

49

呀！这描述太阴冷惊怖，
这支笔为何沉湎于对哀伤的刻画，
它远无远古传说流畅动人，
行吟如歌，哀而不伤。
好吧，我亲爱的读者们，
你们尽可寻找故事的原本，
音乐贯穿整个黯然的风景。

50

她的短刀不如珀耳修斯的利剑
割下洛伦佐的头也不是妖魔的首级，
他尽管已死，却像生者一般动人。
远古的歌谣曾经传唱：
爱情永远不朽，主宰我们的心灵。
他也许是死了，然而爱情并不褪色，
她亲吻他，这亡者的残躯。

51

她秘密地将他的头颅带回家，
用纯金的梳子梳理他散乱的头发，
她甚至梳理他阴冷眼睛空洞中的睫毛，
她的眼泪落在他冰冷的脸上，
洗净了他脸上的泥污，
她一面清洗，一面哀叹，
泪水伴随着哭泣，她一再地吻他。

52
她找到一块散发阿拉伯香水的方巾,
用它小心地将洛伦佐的头颅包好,
然后找到一个花盆,
将它埋了进去。
然后在上面种了几株紫苏花,
用自己的眼泪来浇灌。

53
至此,她忽略了日月的光辉,
星河的灿烂,乃至晨昏之晦明。
至此,她忽略了枝丫上的天空,
流水的峡谷,秋风凛冽的季节。
她不知道白昼在何时消失,
晨曦在何时显现。
她长时间凝视着紫苏花,心中泛动着甜蜜,
将一滴滴泪水倾注。

54
她清澈的泪水滋润着花枝,
盆里的花儿枝叶青翠欲滴,
它胜过佛罗伦萨城的每一盆紫苏花,
无论是花朵的馥郁,还是枝干的茂密。
它汲取养分和生命,精魂,
在那土壤下面腐烂的头颅里。

伊莎贝拉的珍宝,密封在这花朵的根里,
它开出花来,又将花瓣伸向天空。

55

忧郁,请在这里停歇;
音乐,请透出一些空间来呼唤。
还有渺茫茫的回音,也请从忘川来吧,
尽管叹息。
悲伤的精魂啊,抬起你的头颅,
在这柏树的幽冥光线中闪出一丝光辉,
给你的石碑上装点一丝银辉。

56

在这里悲呼吧,哀辞。
请唱出悲剧之神的歌声,
从青铜竖琴上跳荡出旋律,
从琴弦上燃烧神秘之乐,
对着风悲伤低回,
因为至纯至美的伊莎贝拉,
亦将容颜尽失,生命枯萎。

57

红了的樱桃绿了的芭蕉,
终将成为枯枝败叶,

在严冬降临前,一切都将消殒。
但是她那崇拜金钱的哥哥,
却从她呆滞的眼睛中看出了异样,
亲友们也都甚觉奇怪,
为何这将要嫁给贵族为新娘的少女
面容惨淡,青春荡然。

58

她的哥哥十分诧异她的情态,
因为她对紫苏花着了魔一般,
她对着花盆哭,对着花盆笑,
对着花盆喃喃自语,
他们不相信一盆花有如此巨大的力量,
他们准备探个究竟,
看是什么攫取了她的青春和记忆。

59

他们窥伺良久,然而不得其所以然,
这是一个费解的谜。
她从不上教堂做礼拜,
也好像不为饥饿和口渴而伤神。
她每次离开房间都只是一刹那
仿佛孵卵的雌鸟,匆匆离去,
又匆匆而来。
她对那盆花充满耐心,又伤心不已,
秀发蓬乱,泪珠滚滚。

60

她的哥哥们终究还是偷走了紫苏花盆,
并带到僻静处细细探究,
他们看到一张青绿透着灰白的脸皮,
那正是洛伦佐,不容置疑。
他们顿时惊怖而面色如土,冷汗如浆,
他们遭受了巨大的心灵捶憾,
受到了凶犯该有的天谴,
他们离开佛罗伦萨,
流落他乡,从此再也不能回来,
他们头上带着罪人的标记,
从异乡流落到异乡。

61

忧郁,请在这里停歇;
音乐,请透出一些空间来呼唤。
还有渺茫茫的回音,也请从忘川来吧,
在这里悲伤叹息。
忧郁的精灵啊,请暂时停歇哀歌,
因为伊莎贝拉将逝去。
她死时犹不能释怀,因为有人盗窃了她的紫苏。

62

悲惨的她望着没有情感的木石,
一再追问那失去的紫苏,

每次看到四处传教的教士,
她就追上去打招呼啊,
她的笑声中充满凄苦,总是问:
"是谁藏起了我的紫苏?"

63

日复一日,她日渐憔悴,
在孤独与寂寞中死去。
即便是到临终之时,
她犹一遍又一遍地问紫苏去了哪里。
佛罗伦萨没有一个人不为她悲悯,
不对她的哀伤报以同情。
歌者将她的故事不断传唱,
曲子在全城不断被演绎,
歌声的最后依旧是:
"谁偷走了我的紫苏!"

1818年2月

圣亚尼节前夜

1

圣亚尼节前夜——寒风料峭！
猫头鹰虽披着厚厚羽毛,
也不禁在寒夜凄凉号叫。
兔子战栗着奔跑,
遍地是结满冰碴的野草。
绵羊在木栏后瑟缩,悲哀无告。
诵经者手握念珠,嗫嚅祈祷,
从嘴里呼出的气息凝成白雾,
宛若铜炉中燃放的烟,
向天堂飘逝,音息渺渺,
在圣母的画像前飘忽,萦绕。

2

虔敬的修士做完祷告,
拿起烛台,起来行走,

赤着那双充满寒意的脚。
他脸色苍白，清癯而不苍老，
他迟缓地穿过教堂座椅间的过道。
两侧，逝者的雕塑好像冻结，
在玄色的，净狱界的藩篱中；
无论是骑士，还是淑女，
都默然无声地跪倒。
他只管走去，心中全无他们的烦扰，
负战甲和貂裘者，内心与身体皆煎熬。

3

他走向一道朝北的通道，
传来响遏行云的乐声，
这年迈的修士顿时流出眼泪，
哦，死亡之钟已为他敲响，
他此生已无欢乐可言，
在圣亚尼节，他只有忏悔。
他改换一条路，一会儿，
他依然坐在灰烬上，
请求灵魂的宽恕，
为这世间的作恶者，
整宿哀伤不已。

4

年迈的修士听到哀婉的奏鸣，

源自众人的喧哗惊扰，
使乐曲闯进了门扉。
然而只一会儿，
高亢的鸣号声就开始激荡寰宇，
每一座房间都灯火透亮，
期待着热情而礼貌的客人。
屋檐下雕刻着飞翔的天使，
他们睁大眼睛，
朝向苍穹热切地凝视，
柔发飘摇在脑后，
翅膀环护交叠于胸前。

5

盛大的聚会开始了，
到处闪耀着流光的羽服、辉煌的冠冕，
以及珠光宝气之下的身躯，
灿若明霞，仿佛思绪激荡的少年人。
各种传奇与风流韵事集中于此，
然而且休言此等琐语，
让我讲述一个少女的传奇。
在一整个冬天，
她的心都在不断渴望爱情，
渴望圣亚尼——圣徒的照拂，
因为她的老嬷嬷已无数次讲过，
那古老的故事。

6

老嬷嬷说,圣亚尼节前夜,
少女们能在梦里看见恋人的影子,
只要举行正确的仪式,
浪漫的午夜就能听到情郎的倾诉。
当晚不须吃晚餐就上床入眠,
舒展美丽的身体,仰卧着向天空,
不须左右顾盼,只能面对苍穹,
向天使默默祈祷,许愿。

7

梅德林大脑里充满了幻想,
丝弦华韵声音虽高,
但她却仿佛听不见这美妙之声。
淑女们成群地经过她,
她虔诚的眼睛却熟视无睹,
暗恋的少年向她走来,
又黯然地离开。
呵,这并非她骄傲,
而是她的心已不在今夜的聚会,
为了圣亚尼节前夜的梦,
她已神游尘俗之外。

8

她心不在焉地和舞伴跳舞,

口干舌燥,心跳加速?
那庄严的一刻快要到了,
她听不到管弦的奏鸣,
也不曾随众人向前拥。
她不曾和舞伴低语,
也没有和闺蜜说笑,
在此刻,爱恨、礼俗以及一切世间相,
都和她无关。
除了对圣亚尼和她那柔顺羔羊的期待,
还有午夜的欢愉在眼前闪过。

9

她耽搁于这华丽盛大的舞会,
每一刻都怀着离开的念想,
但是此际,
穿越荒凉之原而来的少年——波费罗
正满怀一腔柔情,
——期待着梅德林。
他站在门的外面,
躲在月光的阴影里,
暗暗地向圣徒祈祷,
请求与梅德林相见。
哪怕是等候数小时,
只是为了一刹凝望,
他也甘愿。

如果能够和她相谈，接触，
他期待那一刻的亲吻，与下跪膜拜。

10

他趋身走过，小心地藏好。
圣亚尼节举行祭祀时，使用羔羊。
此刻，他可不能被人发现，
否则利剑必会刺穿他的心，
你爱情的城堡。
对他而言，这里皆是野蛮人，
他们像鬣狗一样残忍，暴君一样凶狠，
连守门犬也会狂吠出诅咒。
在庞然大物般的勋爵府邸，
只有一位老嬷嬷对他报以善意。

11

无巧不成书！老嬷嬷果然来了，
她拄着象牙质手柄的扶杖，
颤巍巍地走了过来；
波费罗藏身的地方，烛光照不到，
远离欢笑和嬉闹。
老嬷嬷看到柱子后面的他，
大吃一惊，但很快便认了出来。
她握着他的手惊叹道：
"快逃走吧，波费罗，

他们全在这里，看见准会杀了你。"

12

老嬷嬷说："快走，快离开这里。
希尔德波兰最近生了热病，
但他在病中仍然诅咒你和你的家族，
乃至于连你的家园也不放过。
莫里斯勋爵虽然满头华发，
但是对你绝不怀善意。
快跑吧！离开这里，消失在他们的视线之外。"
波费罗说："不，你别怕，嬷嬷。
这里并不危险，你先坐下听我说。"
老嬷嬷说："哦，不，这里不行。
快跟我来。否则恐怕灾祸要降临。"

13

他亦步亦趋，跟老嬷嬷穿过昏暗的走廊，
帽子上的饰带划过蛛网，
进入一间小屋，那小屋笼罩着月光，
月色映入窗棂，哀凉，苍冷，
仿佛一座阴沉的坟墓。
老嬷嬷这才把一颗悬着的心放下。
波费罗说："现在告诉我吧，
在哪里可以与梅德林相会。
以神圣织布机为誓，

（修女为圣徒圣亚尼在织布机上织衣）
请告诉我。"

14

"呵，圣亚尼！欢庆的圣亚尼节前夜，
可是在这圣节人们依旧相互屠戮，
除非你能使水不漏筛，
将恶魔禁锢，
否则，你何以驻足此处？
你使我心惊胆战，
居然在今夜与你相见。
梅德林，我的小姐要祭祀神，
恳请天使相助，使她得以如愿。
我要笑，因为伤心总会有时间。"
祭祀圣亚尼须用羔羊，
取羊毛纺织为布，剪裁为服。
此处，波费罗以"神圣的纺织机"起誓。

15

她黯淡的笑容在月光里闪烁；
波费罗望着老嬷嬷的面孔，
宛若老嬷嬷坐在壁炉旁，
戴着老花镜，顽童凝神注视，
等待她讲解远古的奇书。
但一等她将小姐的心意陈述，

他的眼里立刻闪烁光华，
然而又流下激动的热泪，
念及在此寒夜，
梅德林也按照远古的仪轨入眠。

16

一个念头像闪电划过他的脑海，
仿佛玫瑰花在他的脸庞盛开，
又在他的心头掀起波浪，
他将自己的想法说了出来，
顿时惊得老嬷嬷面如土色，
惶遽地说道："这实在太荒唐，可怕，
我的好姑娘只管和天使相拥，
只管做她的梦，
你这浪荡子切莫去打搅她。
快快离开这里，
你再也不是从前那个好小伙。"

17

波费罗说："悲悯的天父在上，
我绝不会打扰她，
若我不曾遵守诺言，
哪怕是动了她的一丝秀发，
抑或凝望她时无礼，
就让我临死时，无法对上帝祷告。

亲爱的安吉拉,我以眼泪起誓,
请相信我诚挚的心,
否则我就大声喧哗,
唤出我的敌人们,
即便他们比豺狼还凶暴。"

18

"你何必使我这老妪陷入惊惧,
我已风烛残年,距大限不远。
午夜未到,或许锁魂的使者便已到来。
但为了你,我每个白昼与黑夜都祈祷。"
波费罗听到此言,立刻软化了态度。
他伤心难过,心神犹如狂风席卷大树,
老嬷嬷安吉拉答应他:不论水火,都为之尽力。

19

安吉拉要将他引进小姐的闺房,
使他藏匿在壁橱里,
他可以从帷幕后面一瞥心上人,
如果天使们在此夜舞蹈,
使梅德林的眼睛眩惑,
他们也许就能结成鸳盟。
呀!自从莫林将宿债与魔鬼还清,
还未见今夜成就有情人。

20

安吉拉说:"一切悉听你的安排,
我要去置放糖果和糕点,
她的竖琴就放在绣棚边上,
你会看到那珍贵的乐器。
我立刻就要去了,
你看我衰老不堪,行动迟缓,
这一切安置可不能有丝毫马虎,
你且安心地等待吧。我亲爱的孩子。
上帝保佑,你一定能和小姐结缡,
否则让我死后魂无所依。"

21

安吉拉一边说,一边怀着惶恐离去。
等待恋人的时光美好而漫长,
老嬷嬷过了很久才回来,
低声对波费罗说:"跟我来吧,我的孩子。"
她的眼神闪过一丝恐惧,
仿佛在躲避暗处窥伺的眼睛。
他们穿过幽暗的夹道,
进入少女散发着幽香的闺房,
在帷幕遮蔽的壁橱中藏好。
波费罗又喜悦又害怕,
安吉拉也怀着不安退去。

22

安吉拉小心翼翼地扶着栏杆,
在黑暗中一步一停地摸索着下楼,
仿佛被神所牵引的梅德林手持银烛台,
刚好走了上来,
她将这老迈的夫人搀扶下楼,
然后蹦跳着回到自己的闺房。
幸福的波费罗,
属于你的伟大时刻来临了,
看你的心上人,像白鸽一样飞跃。

23

她轻快地跳跃,走动,
以至于手中的烛台被风吹熄,
青色的烟气消融在银色月光中,
她闭上房门,心像涌动的大海,
她已如此接近神灵与幻境。
此时千万别出声,
否则就会有灾祸降临。
但她的心里满是倾诉,
一腔柔情仿佛鱼刺卡在喉咙,
宛若一只哑巴夜莺,
无法唱出婉转的歌声,
郁结而死在幽谷。

24

三层精美的弧形窗棂轩敞明亮,
窗子顶上雕镂着繁复的花纹,
果实饱满,枝叶葳蕤,与芦叶缠绕在一起,
窗格上镶嵌着彩色的玻璃,
流光溢彩的水晶装饰窗脊,
仿佛斑斓的虎蛾翅膀,
在幽暗如阵云般的纹理中,
在天国使者的庇护下,立着一面盾牌,
浸润帝王后妃的血迹。

25

苍凉的月色投射在这窗上,
也流泻在梅德林的玉胸上,
辉映出柔媚的线条,
她双手抱在胸前向神灵祈祷,
仿佛玫瑰的花瓣坠落手中。
她胸前的银十字幻化成紫色的水晶,
她的秀发上流溢着光晕,
仿佛圣徒的光环,
又像是飞升的天使之光,
波费罗看得心醉神迷,
她跪在那里,仿佛就是全世界。

26

他的心猛烈地跳动，仿佛要炸裂胸膛。
梅德林慢慢拔下束发的玉簪，
又将华贵的宝石摘下，
她的一头秀发顿时倾泻下来。
她又解开散发着香气的胸衣，
丝质长裙慢慢地从她的玉体滑落，
坠于膝前。
此时的她半裸着，
仿佛被海藻所拥抱的美人鱼。
她低首沉思片刻，
睁开被梦境裹挟的眼睛，
仿佛圣亚尼安居她的床上，
但她不敢回头，生怕幻境逝去。

27

片刻后，她已陷入睡眠的朦胧，
在渗透寒意的被窝里微微地颤抖，
她的睡意像罂粟般沉醉，
使四肢百骸都舒泰无比，
灵魂脱离肉体化作一缕神光，
飞翔在澄澈的碧宇，
她脱离了苦乐，
甚至忘却了阳光和雨露，
宛若盛开的玫瑰花瓣，收束自如。

28

偷入天堂，真是令人狂喜。
波费罗望着梅德林褪下的衣裙，
又倾听她平稳的呼吸，
她是否在睡神的温柔乡里苏醒了呢。
啊，伟大的神灵！
她依旧在香甜的梦中。
他小心地步出壁橱，
仿佛行走在暗夜里的荒野之中，
他蹑手蹑脚地踏过地毯，
轻轻地踮起脚尖走到床前，
掀开床上的帷帐一角，
看到了她熟睡的娇媚的脸。

29

他半跪在窗前，
朦胧的月光投下银灰色的影子，
此刻，他在他爱人的床前。
放置桌案、铺上丝线提花刺绣的桌布，
桌面上仿佛滚动着朱红、赤金、明黄、墨绿的霞光；
远在天际，传来午夜宴会的喧闹，
觥筹交错的声音，笙箫吹断的妩媚，
以及忽近忽远的笑声，
职掌梦的神灵啊，
希望你守护的大力将这一切隔开，

尽管这些声音缥缈悠忽。
他小心地关上门，一切复归寂静无声。

30

她安眠在温软的被褥中，
露出的肩膀和手臂洁白胜雪，
梦境锁住了她蓝色的眼睫，
波费罗从壁橱里搬出事先准备好的一切，
蜜饯、青梅、苹果、木瓜、果酱、奶酪
以及透明如水晶的果子露，
飘溢香甜之味的各种花式糕点，
以及从摩洛哥运来的蜜枣、果品，琳琅满目，
还有沙马甘，以及从东方运来的珍馐佳肴。

31

精美的果品盛在水晶盘里，
散发香气的糕点则装在黄金盘中，
还有那些说不出名目的珍品，
统统盛装在银丝编就的篮子里。
它们如此美好，闪烁着人世的珍贵，
香味充盈整个空间，也渗入幽暗的夜色中。
"吾之所爱，现在你可以醒来！"波费罗在窗前低语。
"你是我的天国，我是你的隐者，
快睁开眼睛吧，吾爱。
否则，千金良宵就要虚度。

吾爱，快醒来吧。
否则，我会心痛地在你的身边逝去。"

32

波费罗低语着情话，
他温柔的肘部支在她的枕边，
一层层黑色的帷幔遮蔽着她的梦，
仿佛午夜的咒语，
使她在重重冰川之中沉睡。
水晶盘反射着如银的月色，
使毡毯边上的绣金线也流溢光彩。
她的双眼仿佛被梦寐所冰封，
他永远也无法使她醒来，
就这样，他也陷入幻梦里。

33

须臾，波费罗醒了过来，
拿起她的竖琴，
弹奏一支沉郁哀伤的歌。
那乐声动人心魂，
被普罗旺斯人称作"妖女"，
音乐的旋律在她耳际变幻，
她在梦中发出一声叹息。
他赶紧停住手，看向她的面孔，
她仿佛受惊般突然睁大了眼睛，

波费罗赶紧跪在床前,
面色像雕像一般苍白。

34

她睁大眼睛望着眼前的一切,
然而梦中的幻境并未消逝,
但是她却心痛不已,
因为梦中的欢愉似乎荡然无存,
她顿时泪水涟涟,发出一声娇弱的叹息。
她用泪眼凝望着波费罗,
他也满眼怜惜地望着她,
却默然不动,也不敢作一语。

35

"波费罗啊!我刚才听到你的声音甜蜜柔美,
你的誓言还在耳际萦绕,
你饱含情意的目光温暖动人,
为何现在却冰冷、苍白且陌生。
我的波费罗啊,
请把你温暖的眼神、痴情的话语赐予我,
我的爱,请千万不要离开我。
如果你逝去,我唯有一生飘荡。"

36

听到梅德林充满爱意的表白,
他立刻站了起来,
仿佛不是一个尘俗间的人,
而是从云霓中飞起,
是天际一颗紫红色的大星。
他融入了她的梦,
就像玫瑰的香味与紫罗兰之香交织一处。
但是此刻,西风恶薄,
震慑人的冰雪击打着门户,
仿佛向这对恋人发出预兆:
圣节的月亮已经西沉。

37

天地沉入晦暗之中,
寒风夹杂着冰雪飞舞,
冰冷之气充塞于斗室之内。
波费罗说:"这不是梦啊,吾之所爱。"
冰雪急骤地袭击着屋宇,
梅德林哀叹道:"这不是梦呀,我为何如此悲伤,
你竟然让我一人置身于此。此刻才来。
你,是谁引你到此?
但我也不恚恨,
因为我的心已经与你相融,
即使被你抛弃,

像病鸽一般在天地间振翅。"

38

"呵，吾之所爱，你真是做了一个美梦。
我将永受你的福荫。
我能否做保护你的盾，在盾的中心图绘紫红。
我愿安息在你银色的殿堂，
我从远方来，饥饿，寒冷，
但是此刻我遇见了神迹。
我的爱人啊，我虽寻到你的香闺，
但我并不为偷窃任何物品，
我只要你的玉体和透明的心，
只要你允许我全身心地爱你。

39

"听呵，这是天使送来的风暴，
他虽然惊怖，然而却是对爱情的祝福。
快起身把，一会儿天就亮了。
那些醉酒的人绝不会阻拦我们，
快跟我走吧，美丽的姑娘。
此时，绝不会有人发觉，
因为所有人都被美酒缠绕，
沉入了黑甜的梦乡。
快起身吧，我亲爱的姑娘，
不要胆怯，不要退缩，

为你，我已在南方营造好家园。"

40

她紧跟着他，心中喜悦而惶遽
那些狂妄而凶暴的人就在周遭，
也许正手持钢矛在黑暗中窥伺。
他们两个摸索着黑暗的楼梯，
小心地穿过走道，整个府邸寂然无声，
只有悬挂在每个门前的灯盏在闪耀，
墙上的画着人和兽的帷幔在风中招展，
人物、马匹、飞鹰、猛犬都在风中奔逐，
狂风席卷而过，连铺在地上的毡子也卷起一角。

41

二人像幽灵般走到中庭，
又躬身蹑手蹑脚地走到铁大门前，
看门人早已蜷曲着沉睡，
身边躺着喝光酒的空瓶，
醒来的狗抖擞着毛站立，
然而却发现是自己熟悉的主人，
又无精打采地趴下了。
他们轻松地打开门闩，
将铁索卸下放置于石台，
万物俱静，默然无声。
随着钥匙转动，黑而沉重的铁门开启。

42

他们就此逃出了幽深冰冷的勋爵府邸,
啊,那伟大的远古时代,
这一对有情人逃到了风雪之中。
那一晚,爵士梦见不幸降临,
他的凶猛而强大的宾客也都被怪梦所侵扰,
妖魔蜂拥而出,鬼怪玄乎不定,
墓穴中爬出成堆的蛆虫。
安吉拉老嬷嬷在此时死去,
而那诵经的老修士,已经将经文念过千遍,
黯然地坐在冰冷的灰烬中。

1819年1—2月